AS CRÔNICAS DE DELLA TSANG

Dados Internacionais de Catalogação na Publicação (CIP)
(Câmara Brasileira do Livro, SP, Brasil)

Hunter, C. C.
    As crônicas de Della Tsang / C. C. Hunter ; tradução Denise de C. Rocha Delela. — 1. ed. — São Paulo : Jangada, 2014.

    Título original: Turnet at Dawn e Saved at Sunrise.
    ISBN 978-85-64850-78-1
    1. Ficção norte-americana I. Título.

14-09965   CDD-813

Índices para catálogo sistemático:
1. Ficção : Literatura norte-americana 813

C.C. Hunter

AS CRÔNICAS DE DELLA TSANG

TRANSFORMADA NA CALADA DA NOITE

*

SALVA AO NASCER DO SOL

Tradução:
DENISE DE C. ROCHA DELELA

JANGADA

Título do original: *Turned at Dawn* e *Saved at Sunrise*.

Copyright © 2014 Christie Craig.

Copyright da edição brasileira © 2014 Editora Pensamento-Cultrix Ltda.

Publicado mediante acordo com St. Martins's Press LLC.

Texto de acordo com as novas regras ortográficas da língua portuguesa.

1ª edição 2014.

Todos os direitos reservados. Nenhuma parte desta obra pode ser reproduzida ou usada de qualquer forma ou por qualquer meio, eletrônico ou mecânico, inclusive fotocópias, gravações ou sistema de armazenamento em banco de dados, sem permissão por escrito, exceto nos casos de trechos curtos citados em resenhas críticas ou artigos de revistas.

A Editora Jangada não se responsabiliza por eventuais mudanças ocorridas nos endereços convencionais ou eletrônicos citados neste livro.

Esta é uma obra de ficção. Todos os personagens, organizações e acontecimentos retratados neste romance são produtos da imaginação do autor e usados de modo fictício.

Editor: Adilson Silva Ramachandra
Editora de texto: Denise de C. Rocha Delela
Coordenação editorial: Roseli de S. Ferraz
Produção editorial: Indiara Faria Kayo
Editoração eletrônica: Fama Editora
Revisão: Vivian Miwa Matsushita

Jangada é um selo editorial da Pensamento-Cultrix Ltda.
Direitos de tradução para o Brasil adquiridos com exclusividade pela
EDITORA PENSAMENTO-CULTRIX LTDA., que se reserva a
propriedade literária desta tradução.
Rua Dr. Mário Vicente, 368 — 04270-000 — São Paulo, SP
Fone: (11) 2066-9000 — Fax: (11) 2066-9008
http://www.editorajangada.com.br
E-mail: atendimento@editorajangada.com.br
Foi feito o depósito legal.

TRANSFORMADA NA CALADA DA NOITE

Della Tsang, de 16 anos, nunca tinha visto um fantasma até que viu seu primeiro morto do outro lado da rua, entrando num beco. Se não fosse pelo poste de rua espalhando uma luz difusa na calçada, ela poderia nem tê-lo visto.

E se não fosse pela cicatriz no queixo, ela poderia ter pensado que era apenas alguém parecido com Chan. Pensando bem, já passava da meia-noite. Mas ela *tinha* visto a cicatriz. Uma cicatriz que de certo modo ela mesma provocara aos 6 anos, quando ele saltou de um trampolim e bateu o queixo contra a cabeça dela.

Della Cabeça-Dura ganhou esse apelido da família depois disso. Às vezes Della se perguntava se de fato era teimosa ou se o apelido tinha sido apenas outra coisa em que ela acreditara. Sendo de família oriental, os pais tinham grandes expectativas, às vezes altas demais. Mas, como ela e a irmã eram mestiças, o pai as fazia se esforçarem em dobro para provar que o amor entre os pais não tinha corrompido a árvore genealógica.

Dois faróis em movimento na rua desviaram a atenção de Della do beco por onde Chan desaparecera. Não que ela acreditasse completamente que fosse o primo. Ou será que era?

O carro se aproximou e, achando que poderia ser Lee vindo buscá-la, Della deu um passo para fora da varanda da casa de Lisa, sua melhor amiga, afastando-se do burburinho da festa, que ainda rolava solta.

Pelo menos duas vezes por mês, Della e Lee tentavam dar uma escapulida para passar uma noite inteira juntos. Della sabia que os pais a matariam se soubessem que ela e Lee estavam dormindo juntos. O fato de estarem praticamente noivos nem contava. Mas pelo menos Lee tinha conseguido a aprovação do pai dela. Felizmente, Della concordava com o pai. Não que concordasse com ele em tudo. No entanto, Lee era tudo que Della queria num namorado: sociável, inteligente e, para a felicidade do pai, de família oriental. Ela nem se incomodava que Lee não fosse muito de frequentar festas.

Della lançou um último olhar para o beco. Não poderia ser Chan. Ela tinha ido ao funeral dele menos de um ano antes, tinha visto o caixão ser abaixado na terra. Ela se lembrou de que não tinha chorado. O pai insistira para que não vertessem uma lágrima. Ela se perguntava se o pai ficaria muito decepcionado se soubesse que, naquela mesma noite, sozinha na cama, ela tinha chorado até ficar com os olhos inchados.

Quando o carro passou mais perto, Della percebeu que tinha se enganado. Não era Lee. Ela observou enquanto o carro descia a rua, passando pelo beco. Ficou ali, olhando, de repente se sentindo sozinha, no escuro, quando o celular tocou anunciando uma mensagem.

Ela o tirou do bolso do jeans e leu. *Pais ainda de pé. Só + tarde.*

Franzindo a testa, voltou a guardar o telefone e voltou o olhar para o beco. Será que faria mal se ela apenas... desse uma olhadinha? Só para provar que fantasmas não existiam?

Andando lentamente nas sombras, ela se aproximou do beco. O frio da noite de inverno atravessava sua jaqueta de couro e o leve ressoar dos seus pés no asfalto parecia muito alto. Talvez alta demais. Logo que virou a esquina, ouviu gritos. Parou. Sua respiração ficou presa na garganta assim que viu uma briga — na verdade, uma verdadeira guerra. O barulho de punhos batendo na carne encheu a escuridão fria e ela viu corpos sendo arremessados no ar como bonecas de pano.

Della podia não estar familiarizada com esse lado mais sombrio da vida, mas soube imediatamente com o que tinha se deparado. Uma disputa de gangues. Seu coração saltou na garganta. Ela tinha que sair dali, e rápido.

Deu um passo para trás, mas o salto do sapato virou e ela perdeu o equilíbrio. A perna subiu no ar e Della caiu com um baque forte.

Ao bater no chão, suas mãos voaram para trás, procurando apoio para se levantar. Ela sentiu uma dor aguda na palma da mão, sem dúvida por causa de um caco de vidro da garrafa de cerveja quebrada a poucos centímetros dali. Baixinho, ela xingou:

— Merd... — O palavrão mal tinha deixado inteiramente seus lábios quando o silêncio de repente chamou sua atenção para o beco à frente. A luta tinha se interrompido e pelo menos seis homens, jovens, mais ou menos da idade dela, estavam começando a avançar em sua direção. Andando de um modo estranho, como... um bando de animais farejando uma presa.

A atenção de Della se desviou dos movimentos bizarros do grupo e se concentrou nos olhos deles. Seu coração começou a martelar loucamente no peito quando ela viu olhos brilhando num tom ardente de laranja. Então grunhidos baixos encheram as sombras.

— O que vocês...

Antes que pudesse terminar a frase, eles estavam em cima dela.

— Humana. Que delícia... — sussurrou um deles.

A tensão enrijeceu o peito de Della.

— Eu já estou indo. — Ela ficou de pé num salto.

De repente, ouviu passos atrás de si e soube que estava cercada. O rosnado ficou mais audível e por um segundo ela pôde jurar que os sons não eram humanos. Ela se virou, na esperança de encontrar para onde correr, mas no mesmo instante algo a agarrou pela cintura e um vento frio soprou contra o seu rosto. Ela se sentiu tonta, desorientada, como se de repente estivesse avançando em alta velocidade, como numa montanha-russa. Ela tentou gritar, mas nenhum som saiu. A escuridão a cercou e demorou um segundo para ela perceber que estava de olhos fechados. Della tentou abri-los, mas a corrente de ar que passava por ela era tão forte que a obrigou a fechá-los novamente. Que diabos estava acontecendo? Agora era como se... como se estivesse voando!

Ou caindo. Não, não caindo, alguém ou alguma coisa a carregava.

Seus pulmões gritavam por ar, mas o que ela achava que era um braço pressionava sua barriga, impedindo-a de respirar. Ela tentou se libertar, mas seus esforços foram em vão. Quem a segurava era forte como aço, e sua carne era fria e dura. Algo molhado parecia escorrer da mão dela e ela percebeu que era o seu próprio sangue que escorria do corte.

Logo em seguida, o corte começou a queimar. Queimar muito, como se alguém tivesse acabado de encharcá-lo com álcool. A dor lancinante pareceu subir pelo braço, até chegar ao peito e, por um segundo, seu coração parou de bater. Ela suspirou, esperando respirar, mas nada pareceu chegar aos seus pulmões. Recusando-se a deixar o medo detê-la, ela se forçou a falar.

— Me solte, seu imbecil!

Um choque percorreu seu corpo quando os pés tocaram o chão. O braço a soltou. Seus joelhos se dobraram, mas ela se equilibrou no último segundo e abriu os olhos. Piscando, tentou se concentrar, mas tudo parecia embaçado.

— Respire — disse alguém, e ela reconheceu a voz grave e masculina. Reconheceu Chan.

Fantasmas existiam mesmo?

Não, não era possível.

Alguns segundos depois, sua visão clareou e... minha nossa! Ela estava certa. Chan estava bem na frente dela. Náuseas a dominaram. A palma da mão ainda queimava. Ela apertou o estômago, inclinou-se para a frente e vomitou diante do primo morto.

— Ah, droga! — Ele deu um pulo para trás.

Ela se endireitou outra vez e olhou para a frente, esperando que a qualquer minuto fosse acordar. Ou talvez aquilo não fosse um sonho. Teria alguém colocado algo em sua bebida aquela noite? Ela cobriu os olhos com as mãos e nem se importou que o sangue do corte provavelmente mancharia todo o seu rosto.

Quando baixou as mãos, Chan a encarava, só que agora os olhos negros dele reluziam num tom verde brilhante.

Ele deu um salto para trás, afastando-se dela.

— Você está sangrando!

— E você está morto! — Ela pressionou a mão ensanguentada contra o estômago na esperança de diminuir o enjoo e a ardência.

Ele franziu a testa e olhou para ela com uma expressão preocupada.

— Mas que inferno! Você está se transformando...

— Não, eu não estou me transformando em nada! Estou aqui parada. No mesmo lugar — ela retrucou. Então, mais uma vez, sentiu tontura. Fechou os olhos e, em seguida, abriu-os novamente.

— Você precisou de ajuda então eu... Eu não sabia que você ia se cortar ou...

— Eu não preciso da sua ajuda, eu teria... Teria me virado sozinha.

Ele balançou a cabeça.

— Ainda cabeça-dura, hein?

Ela abraçou a si mesma.

— O que aconteceu? Não, o que *está* acontecendo? — Ela olhou em volta e viu que eles não estavam mais em algum lugar perto da casa de Lisa ou no beco escuro onde ela tinha ido à procura dele... — Você está morto, Chan. Como pode estar aqui?

Ele balançou a cabeça e olhou para a testa dela.

— Se soubesse que você estava sangrando, eu não teria... Eu devia saber que você era uma portadora. Mas se eu não tivesse tirado você de lá, os cachorros teriam te comido viva.

Ela parou de ouvir e tentou encontrar algum sentido no que tinha acabado de acontecer. Ela se lembrou de ver a luta das gangues, então tinha caído, e em seguida fora cercada e...

— Ah, droga, estou morta?

— Não. Mas você vai achar que está morrendo daqui a pouco. Você me tocou com uma ferida aberta. O vírus está se transformando neste exato momento. É por isso que você está se sentindo assim.

Ele parou de falar e farejou o ar.

— Mas que merda! Os cachorros estão atrás de nós. Tenho que tirar você daqui. — Ele estendeu a mão para a prima, mas Della saltou para trás.

— Fique longe de mim. Você está todo sujo de vômito.

— O vômito é seu.

— E daí? Não quero isso tocando em mim. Acho que... — O que quer que ela estivesse pensando se dissipou no ar. Mais uma vez, o vento soprou seus cabelos ao redor dos ombros. Os longos fios esvoaçavam com tanta violência que pareciam chicotes açoitando seu rosto.

* * *

A cabeça de Della doía demais. Seria a sua primeira ressaca oficial? Quantas cervejas ela tinha tomado? Apenas uma, certo? Nunca bebia mais do que... Ela abriu os olhos e se viu olhando para o teto do seu quarto. Ela sabia que era o quarto dela, porque podia sentir o cheiro das velas com aroma de baunilha e o perfume de limão do lustra-móveis que passava na mobília toda sexta-feira. E o travesseiro ainda tinha o cheiro de Lee, desde que ele a trouxera da escola na segunda-feira e não havia ninguém em casa. Ela adorava o cheiro dele.

Mas como tinha chegado em casa do...

Fragmentos de memórias começaram a se juntar: Chan, a briga de gangues, o voo. Voo?!

Ela se sentou na cama de um salto. Sua cabeça quase explodiu.

— Caramba... — resmungou e disse para si mesma que tinha sido um sonho.

— Ei, prima.

A voz dele chegou ao mesmo tempo que a náusea. Ela se virou e, pela segunda vez, vomitou sobre o primo morto.

— Ahh, mas que nojo! — exclamou Chan, então ele riu. — Eu acho que mereço isso. Não que eu queira que aconteça. Realmente não quero. — E, então, riu novamente.

Della não estava rindo.

— O que está acontecendo? — Lágrimas, em parte de frustração, em parte por causa da dor, enchiam os olhos de Della. Ela as reprimiu. Limpou a boca com a manga da blusa e viu o casaco de couro jogado aos pés da cama.

Chan colocou a mão no ombro dela e a empurrou com delicadeza.

— Deite-se que eu vou explicar.

— Era uma guerra de gangues... — ela murmurou tentando se lembrar.

— É, vampiros e lobisomens. Fui assistir. É legal ver a gente dilacerando os cachorros.

O celular dela, sobre a mesa de cabeceira, anunciou a chegada de uma mensagem. Della tentou alcançá-lo, mas sentiu dor ao seu mover. Outra onda de lágrimas encheu sua garganta.

— É o seu namorado — disse Chan. — Essa deve ser a décima mensagem que ele manda. Eu acho que você perdeu o seu encontro. — Chan balançou a cabeça. — Então, minha priminha está ficando com um cara, hein? Será que devo dar uma surra nele ou algo assim?

Ela caiu de costas na cama.

— Você quer que eu mande uma mensagem pra ele e diga que você está bem?

— Eu não estou bem! — Conversar fazia sua cabeça doer mais ainda. Perceber que ela estava falando com um fantasma deixava a coisa duplamente mais difícil. Sentiu uma pontada atrás dos olhos e os fechou, esperando até que a dor diminuísse.

— O que há de errado comigo? — murmurou para si mesma e não para Chan, porque a lógica lhe dizia que Chan não devia estar ali. Alguém devia ter colocado algo em sua bebida na festa. É. Tinha que ser isso.

Ela ouviu uma cadeira sendo puxada para perto da cama.

— Você não vai acreditar, e isso é normal. Vai levar um tempo para tudo fazer sentido. Como pode ver... Eu não estou morto. Eu... bem, a nossa família carrega esse vírus. Ele está incubado e pode-se passar a vida toda sem sequer saber disso, mas, se entrar em contato com um portador, especialmente se houver sangue na parada, o vírus se torna ativo.

— Eu tenho um vírus? — Ela engoliu para combater outro ataque de náusea.

— Tem.

— Gripe aviária? — perguntou ela.

— Não é bem isso.

— A doença da vaca louca?

— Não. Vampirismo.

Ela abriu um olho, isso foi tudo o que conseguiu fazer, e olhou para ele. Ela teria rido se não se sentisse à beira da morte.

— Eu sou um vampiro?

— Ainda não, leva quatro dias. E não vai ser fácil. Mas eu vou ajudá-la a passar por isso.

— Eu não preciso da sua ajuda. — Ela era filha de seu pai, sempre tentando descobrir como se virar sozinha. Della fechou um olho. Outra pontada na parte de trás da cabeça e ela percebeu que só podia ajudar a si mesma agora se pedisse ajuda. Mas não de um fantasma. Usando toda a energia que tinha, ela ficou de pé. O mundo começou a girar.

— Aonde você está indo? — Chan a amparou antes que ela caísse de cara no chão.

Ela tentou ignorar Chan, porque ele não era real, mas não tinha escolha a não ser falar com ele:

— Tenho que falar com a minha mãe. — O que quer que alguém tivesse colocado na bebida dela era muito forte, porque ela estava sentada ali falando com um fantasma sobre vampiros!

— Eu não posso deixar você fazer isso. — Chan a empurrou de volta para a cama, sem que isso exigisse dele um esforço muito grande. Ela tinha tanta energia quanto um caracol bêbado, nadando numa xícara de chá de camomila.

— Mããe! — Della gritou.

* * *

Della não tinha certeza se estava no hospital havia três horas ou havia dez. Ela não estava se sentindo melhor, mas pelo menos tinha parado de ter alucinações. Chan havia desaparecido. Ela não o via desde que a mãe a encontrara em posição fetal, vomitando mais uma vez.

As enfermeiras entravam e saíam do quarto dela, tentando forçá-la a beber alguma coisa. Ela não queria beber nada.

— Mas que diabos ela tomou? — Della ouviu o pai murmurar.

— Nós não sabemos se tomou alguma coisa — respondeu a mãe.

— Por que ela faria isso com a gente? Será que não sabe o que isso vai parecer? — perguntou o pai.

Della pensou em tentar explicar a eles, mais uma vez, que a única coisa que tinha bebido era cerveja. No início ela tinha quase confessado a sua teoria de que alguém poderia ter colocado algo na bebida dela, mas parou quando percebeu que isso poderia deixar Lisa em apuros. Melhor manter a boca fechada e enfrentar qualquer castigo que viesse.

— Eu não dou a mínima para o que parece! Eu só quero que ela fique bem — disse a mãe.

Era o mesmo argumento, numa versão diferente. A mãe detestava o orgulho do pai. Della não gostava também, mas entendia. Ela também detestava cometer erros. E, além disso, tinha visto a casa de um quarto, em cima de um restaurante chinês, em que o pai e os seis irmãos tinham sido criados. Seu pai e a família mereciam estar orgulhosos do que tinham conseguido. E não tinham conseguido nada cometendo erros.

Della ouviu a porta do quarto de hospital se abrir novamente.

— Por que vocês não vão tomar um café? Vou ficar aqui por um tempo — disse uma voz feminina. Della achou que já tinha ouvido aquela voz antes. Provavelmente era uma enfermeira.

O barulho dos pais se afastando encheu o quarto. Della sentiu uma imensa gratidão por aquela enfermeira ter lhe poupado de ouvir a discussão entre os pais, mas não tinha como expressá-la.

— Seja bem-vinda! — disse a enfermeira, quase como se tivesse lido a mente de Della.

Della abriu os olhos. A enfermeira estava ao lado dela.

Piscando, Della tentou se concentrar, mas então algo estranho aconteceu. Ela podia ver... algo na testa da mulher. Uma coisa muito estranha. Algo parecido com linhas e outras coisas, como a tela de um computador em pane. Ela piscou com força e lentamente abriu os olhos novamente. Isso ajudou. As linhas estranhas tinham desaparecido.

Della tentou se sentar e percebeu que algo havia desaparecido. O corte em sua mão. Como ele tinha se curado tão rápido?

A enfermeira sorriu.

— Alguém já falou com você?

Della tentou alcançar um grande copo sobre a mesa de hospital.

— Sobre beber a minha água? Sim.

— Não, sobre o que está acontecendo com você. — A enfermeira pegou o copo da mão de Della. — Não beba nada. Isso só vai fazer com que se sinta mais doente.

— Mais doente? Descobriram o que há de errado comigo?

A porta se abriu de repente e um médico entrou, aproximou-se da cama e olhou para ela.

— Será que ela sabe? — ele perguntou à enfermeira.

— Sabe o quê? — Della deixou escapar.

— Eu acho que não. — A enfermeira ignorou a pergunta de Della.

— Sabe o quê?! — ela repetiu.

— Os pais dela não são portadores? — perguntou o médico.

— Não — respondeu a enfermeira.

— Querem parar de falar de mim como se eu não estivesse aqui?

O médico a fitou.

— Desculpe. Eu sei que é difícil. — A intensidade do olhar do médico a deixou perturbada. Por alguma razão, tudo nele a perturbava. O que era estranho. Ela normalmente não sentia uma antipatia instantânea pelas pessoas. De modo geral, era preciso pelo menos quinze minutos e uma boa razão.

Ela começou a fechar os olhos e... estava ali outra vez! A droga da coisa estranha apareceu na testa do médico também.

O médico rosnou, um rosnado real. Della se lembrou dos membros da gangue fazendo a mesma coisa...

— Alguém sabe. — O médico acenou com a cabeça para a porta.

A porta do quarto se abriu com tanta força que bateu contra a parede e Della teve a impressão de ter visto voar pedaços de reboque. Della olhou para a frente, mas o médico bloqueou sua visão.

— Que diabos estão fazendo com ela? — Chan estava parado do outro lado da cama.

— Merda! — sussurrou Della. — Está acontecendo de novo. — E quando ela olhou para a enfermeira, aquela coisa louca na testa tinha aparecido novamente. Era como se Della pudesse ver dentro da cabeça da enfermeira, como naqueles filmes de terror baratos. Ela podia ver a frente... do cérebro dela! Sim, parecia um cérebro, só que não eram os miolos. Eram linhas estranhas em zigue-zague, como um cruzamento entre arte moderna ruim e hieróglifos antigos.

— O que está acontecendo aqui? — perguntou a enfermeira.

— Eu estou... vendo fantasmas. — Della teve que fazer força para parar de olhar para o cérebro da mulher. Ela olhou para Chan e agora ele tinha algo na testa, também. Só que o cérebro dele parecia diferente.

— Nós estamos tentando ajudá-la — respondeu o médico a Chan.

Della ofegou.

— Você pode vê-lo, também?

Chan rosnou para o médico, expondo os dentes, e ela recordou a conversa insana sobre vampiros.

— Ela não precisa do seu tipo de ajuda, homem-lobo!

— Você fez isso com ela? — perguntou o médico. — Foi você quem a infectou?

— Sim — Chan fervia. — Mas eu não sabia que ela estava sangrando e, se quer saber, eu não tinha escolha.

Era pegá-la e levá-la para fora do beco ou deixar que fosse morta pela sua cachorrada!

O médico franziu a testa.

— Você, pelo menos, explicou a ela?

— Eu tentei — disse Chan. — Mas ela não está acreditando.

— Acreditando em quê? — perguntou Della, piscando furiosamente, tentando deixar de ver aquela coisa estranha na testa de todo mundo. — Ele está morto — ela retrucou.

— Nós temos que levá-la para fora do hospital antes da Fase Dois — disse a enfermeira.

Fase o quê? Nada fazia sentido agora.

O médico olhou para Della.

— Olhe, seu primo não está morto. Ele é... um vampiro. E, graças ao descuido dele, goste você ou não, você está prestes a se tornar um também.

A cabeça de Della começou a latejar novamente.

— Eu tenho que ir — disse Chan. — Os pais dela estão saindo do elevador.

— Espere! — o médico disse a Chan. — Se eu der alta a ela, você vai ajudá-la a passar por isso?

— Não preciso da ajuda de ninguém! — Della insistiu.

— Claro que sim — disse Chan. — Ela é minha prima.

A enfermeira olhou para Della.

— Quando a transformação estiver completa, quero que você ligue para esta pessoa. — Ela entregou a Della um cartão. Quando viu que Della não iria pegá-lo, a enfermeira colocou-o na mão da garota.

— Ligar para quem? — Chan perguntou enquanto recuava para a porta.

— Holliday Brandon. É a diretora do Acampamento Shadow Falls. Ela pode ajudar.

— Ah, não! Della não vai para aquele acampamento idiota sofrer uma lavagem cerebral do governo.

Os ombros da enfermeira ficaram tensos.

— Eles não fazem lavagem cerebral em ninguém. Vão ajudá-la a decidir o que é melhor para ela.

— Eu sei o que é melhor para ela. Ela vai morar comigo.

Morar com Chan? Della lutava para acompanhar aquela conversa maluca, então ouviu as portas do elevador se abrindo, como se ele estivesse bem ao lado do quarto.

— E encenar a morte dela, como você fez? É por isso que ela pensa que você é um fantasma, não é? — A enfermeira balançou a cabeça. — Isso é realmente o que você quer para ela? Ter de se afastar de toda a sua vida, da família?

Chan não respondeu. Della só vi um borrão aparecer onde ele estava antes. A porta voltou a se abrir e, ao se fechar, fez com que mais fragmentos do reboque voassem para o chão. O médico e a enfermeira olharam para Della com piedade e compaixão. Della fez uma careta para eles.

— A enfermeira tem razão — disse o médico. — Ligue para Shadow Falls. Deixe seu primo ajudá-la nos próximos dias, mas, depois disso, não acredite em tudo o que ele disser. Você parece uma garota inteligente. Tire suas próprias conclusões. Com um bom planejamento, nós podemos viver uma vida normal.

— Nós? — perguntou Della.

— Nós, os sobrenaturais — disse ele, então apontou para o peito. — Eu sou um lobisomem. — Ele fez um sinal para a enfermeira. — Ela é *fae*. E você é um vampiro. Existem outros, mas você vai aprender sobre isso com o tempo.

Della caiu de volta no travesseiro.

— Então, é oficial... — ela murmurou.

— O que é oficial? — perguntou a enfermeira.

— Estou pirando.

* * *

— Você precisa comer e beber alguma coisa — disse a mãe de Della, entregando à filha uma xícara fumegante.

Della tinha saído do hospital no dia anterior. Sua cabeça ainda latejava como se tivesse um tambor dentro do crânio e seu corpo doía como a pior gripe que já tivera.

E mentalmente ela estava entorpecida. Mas sua avaliação não se pautava no fato de que via Chan. Mas no fato de que estava quase acreditando nele. Ela estava se transformando num vampiro. E de acordo com Chan, os dois primeiros dias eram como um passeio pelo parque de chinelos em comparação com os dois seguintes.

Ela aproximou a xícara de chá quente dos lábios, fingindo beber, na esperança de que isso apaziguasse a mãe. A enfermeira, e depois Chan, tinha avisado que comer ou beber qualquer coisa só iria piorar as coisas. Ah, mas Della não tinha acreditado na palavra deles. Não. Ela tivera que provar por si mesma.

Ela nunca tinha ouvido falar de alguém vomitando um órgão vital, mas havia a probabilidade de que estivesse sem um dos pulmões no momento. Graças a Deus, ela tinha dois.

— Lee ligou de novo — disse a mãe, alisando as cobertas.

— Ele vai vir me ver? — Della conseguiu perguntar, dividida entre a vontade de encontrá-lo e o receio de que ele a visse naquele estado. Afinal, vomitar um pulmão não deixa ninguém com uma aparência muito boa.

— Eu disse a ele que podia vir, mas ele disse que a mãe estava preocupada com a possibilidade de você estar com algo contagioso.

— Ela nunca gostou de mim. — Della fechou os olhos.

— Por que acha que ela não gosta de você? — A mãe dela se levantou.

Porque sou mestiça.

— Eu não sei — Della mentiu e abriu os olhos. — Porque sou muito corajosa.

A mãe apertou a mão dela.

— Você é muito corajosa. Muito independente. Muito teimosa. Um pouco como o seu pai. Mas eu o amo, também. — Ela tirou a franja da filha da testa.

Quando a mãe deixou o quarto, Chan saiu finalmente do armário e foi até a cama dela.

— Você está prestes a entrar na Fase Três.

— Como você sabe? — ela perguntou e ah, droga, cada terminação nervosa do seu corpo parecia gritar. Se aquela era a Fase Três, ela não estava gostando nem um pouco dela!

— A sua frequência cardíaca está aumentando — disse ele.

Della afundou a cabeça no travesseiro e murmurou um palavrão.

— Ouça, Della. Isso é muito importante. Quando seus pais vierem aqui, você tem que agir normalmente. Aconteça o que acontecer, não podemos deixar que a levem de volta para o hospital.

— Por que não? — ela perguntou e gemeu.

— Há muito sangue lá. Você pode perder a cabeça. Só sentir o cheiro de sangue já pode ser demais para você. As primeiras vezes em que se alimentar têm que ser controladas.

Outra pontada de dor transpassou seu corpo e ela mordeu o lábio para não gritar.

— Posso morrer por causa disso? — Ela pegou um punhado de cobertor na mão e apertou. Ela odiava estar com medo. Odiava porque era um sinal de fraqueza.

Os olhos negros de Chan encontraram os dela.

— Pode.

Outra pontada forte explodiu em sua cabeça.

— Eu vou morrer? — Seus pensamentos desviaram-se para Lee. Ela queria que ele estivesse ali para abraçá-la. Se ela iria morrer, queria vê-lo uma última vez. Então seus pensamentos passaram para a irmã mais nova. Della tinha jurado que estaria sempre ao lado dela, para se certificar de que ninguém nunca a intimidasse, como tinham feito com ela. Por alguma razão, Della sabia que a irmã não era tão forte quanto ela mesma.

— Não, você não vai morrer — disse Chan, mas Della viu a dúvida nos olhos dele. — Você é muito teimosa. Della Cabeça-Dura não pode morrer. Está me ouvindo? Você não pode morrer, Della. Precisa aguentar firme.

* * *

Dois dias depois, Della acordou lentamente. Ela tivera um sono agitado nas últimas 48 horas. Lembrou-se de ter se sentado e fingido comer quando os pais chegaram, para que não fosse forçada a voltar para o hospital. E lembrou-se de ter falado com Chan algumas vezes. Mas ela tinha tanta febre e andava tão fora de si que sua memória ainda estava nebulosa. Ela abriu os olhos e cobriu-os rapidamente com a mão para bloquear o sol que entrava pela janela.

— Pare com isso! — sibilou.

— Com quem você está falando? — perguntou Chan.

— Com o sol — ela resmungou, quase cortando a língua nos caninos.

— A luz me irrita também. Somos pessoas da noite agora. Mas ele está prestes a se pôr. — Chan devia ter fechado as cortinas, porque a luz diminuiu. Ele continuou a falar. — Logo que seus pais forem para a cama, nós vamos sair. Eu preciso educá-la.

— Me educar em quê?

— Na sua nova vida.

* * *

Ela tirou a mão dos olhos e olhou em volta. A primeira coisa que viu foram as flores. As rosas vermelhas. Lee?

Sim, ela se lembrou da mãe trazendo o buquê e lendo o cartão. Lee dizia que a amava.

Ela sorriu e percebeu que não sentia dor. Nem na cabeça. Nem na barriga. Na verdade, ela se sentia... bem. Forte. Sentia-se mais viva do que nunca.

— Eu estou bem! — Ela estendeu os braços e ensaiou uma dancinha na cama.

— Tem razão, você parece bem. Me deu um grande susto nestes últimos dias, mas...

— Onde está meu celular? — Ela queria ligar para Lee.

— Na gaveta; assim eu não tive que ouvi-lo tocar o tempo todo. Seu namorado está preocupado com você.

Nesse exato instante, toda a conversa sobre vampirismo voltou à sua cabeça. Será que ela realmente acreditava naquilo? E se não acreditava, como podia explicar a presença de Chan? Ela afastou o pensamento e decidiu não se sentir como cocô de cachorro por alguns segundos, antes de trilhar aquele caminho. Um caminho que, de alguma forma, ela sabia que iria lhe causar muita dor.

Sentada na beirada da cama, ela se lembrou de Chan arrumando seus travesseiros e dizendo a ela para fingir estar bem, cada vez que ouviam os pais dela subindo as escadas. Della não conseguia lembrar se tinha se saído bem ou não, mas provavelmente não fora muito mal, porque eles não tentaram fazê-la voltar para o hospital.

Ela se levantou, espreguiçou-se e olhou para a cadeira posicionada ao lado da cama. Então se lembrou de Joy, a irmã mais nova, entrando no quarto. A menina tinha segurado a mão de Della e chorado. Chorado baixinho porque a irmã também sabia que o pai detestava fraqueza. As palavras de Joy soaram como o refrão de uma música triste na cabeça de Della. "Por favor, não morra, Della. Você tem que me ajudar, me ajudar a aprender a ser forte como você."

Uma grande dor encheu o peito de Della. Ela estava muito feliz por não ter morrido e não ter entristecido Joy.

Olhando pela janela, ela tinha uma vaga lembrança de... estar de pé no telhado.

— Fomos a algum lugar? — perguntou a Chan.

— Sim, você estava sufocada aqui dentro; precisava testar suas asas. E foi muito bem.

De repente, ela se lembrou de ter se movido a uma velocidade incrível e sentido o vento no rosto. O que era real?

Seu estômago roncou.

— Estou morrendo de fome — ela murmurou.

Chan apontou para um grande copo de plástico com um canudo.

— Você não tomou o seu café da manhã.

Ela pegou a bebida e tomou um gole. Mil sabores diferentes explodiram em sua boca. Frutas vermelhas, chocolate amargo, melão picante. Sabores que ela nem sequer reconhecia, mas de alguma forma sabia que não poderia viver sem eles, agora que já os provara.

— O que é isso? — Ela lambeu os lábios e imediatamente começou a beber novamente.

A sobrancelha direita dele arqueou.

— É disso que você vai viver a partir de agora. Sangue.

Ela quase engasgou, então parou. Já tinha mordido a língua antes.

— Sangue não tem esse gosto. — Ela tirou a tampa do copo e avaliou... Aquilo parecia sangue.

— Como pode...

— Nada vai ter o mesmo gosto de antes. Não se lembra de como você engasgou com a canja de galinha que sua mãe trouxe?

Ela olhou para o primo e se lembrou vagamente do dia em que tentara tomar sopa.

— Diga que você está mentindo.

— Desculpe. Tudo é diferente agora. Não adianta eu tentar enfeitar a realidade. Apenas aceite-a.

Ela olhou para a substância vermelha e grossa no copo.

— Isso não pode ser real.

— É tão real quanto parece.

— Ah, meu Deus! — Ela colocou o copo na mesa de cabeceira e olhou para ele. — Que tipo de sangue é este?

— AB negativo. O tipo O é melhor, mas não consegui encontrar em lugar nenhum.

— Isso é o quê?... Sangue humano? — O estômago dela revirou.

Ele acenou com a cabeça.

— O sangue animal não é tão bom. Mas você vai aprender sobre isso no momento certo. Eu tenho muito para te ensinar.

Ela cobriu a boca com a mão e olhou para o copo. Só o pensamento de beber sangue já foi suficiente para deixá-la enojada. Mas, mesmo que uma parte dela prometesse a si mesma não se tornar um monstro, a boca ficou cheia de água só de pensar no gosto, em dar outro gole.

Ela nunca soubera o que era ter fome ou sede de verdade, mas isso... a sensação de que se não bebesse tudo poderia morrer, devia ser a coisa mais próxima disso que já experimentara.

Chan fez menção de pegar o copo. Antes que soubesse o que estava fazendo, ela deu um salto e fugiu dele, aparecendo do outro lado do quarto com o copo na mão.

Ele riu.

— Achei o máximo.

Ela terminou a bebida e olhou para Chan.

— Eu preciso de mais.

— Eu sei. Logo que você se transforma, fica faminto. Eu acho que bebi uns sete litros nos meus primeiros dias.

Mas você vai ter que esperar até depois que seus pais forem para a cama.

— Eu quero agora! — ela sussurrou, nem mesmo reconhecendo a própria voz.

* * *

— Não vão pedir a minha identidade? — perguntou Della, seguindo Chan para dentro de um bar, várias horas mais tarde. O lugar era escuro, iluminado apenas por algumas velas, mas, surpreendentemente, ela não tinha dificuldade nenhuma para enxergar. Ou ouvir. O burburinho de uma pequena multidão, a vibração de diferentes conversas e das pessoas se virando em suas cadeiras vinham até ela de todas as direções, mas de alguma forma ela era capaz de silenciar a parte que não queria ouvir. Mas o ambiente não era composto apenas pelo barulho ou pela iluminação. A energia vibrava no local. Della a sentia, a sentia alimentá-la, como uma droga proibida.

— A única identidade de que você precisa para entrar neste lugar está aqui. — Ele tocou a testa dela. Imediatamente, Della se lembrou das coisas estranhas que estava vendo na testa de todo mundo. Ela segurou o braço dele.

— O que é isso? A coisa na testa?

Ele sorriu.

— É a sua identidade. Todos os seres sobrenaturais têm a capacidade de ler os padrões cerebrais, e logo você vai aprender a diferenciar cada espécie. E se você se concentrar um pouco mais vai poder ir além dos escudos das pessoas e saber quem é amigo e quem não é.

Ele apontou para o outro lado da sala.

— Veja o cara de camisa verde. Aperte os olhos e olhe para a testa dele e me diga o que você vê.

No início, tudo que Della viu foi a testa e depois...

— Estou vendo... linhas em redemoinho.

— Agora olhe para o meu padrão. — Vê alguma semelhança? — perguntou Chan.

— Sim. Mas não são idênticos — concluiu ela.

— Não são idênticos, mas ele também é um vampiro. Padrões cerebrais são como pegadas na neve, mais cedo ou mais tarde você vai ser capaz de dizer de que tipo de animal se trata pela pegada dele.

Ela assentiu com a cabeça e olhou ao redor da sala.

— Olhe o padrão daquele cara grande de casaco preto — sugeriu o primo.

Ela obedeceu. O padrão era completamente diferente. As linhas eram horizontais e...

— Agora olhe mais profundamente. Continue olhando. Abra sua mente.

Ela se concentrou e o que viu era preto e escuro, e dava a impressão de perigo. Ela deu um passo para trás.

Ele riu.

— Está tudo bem. Ele não vai fazer mal a você. Pelo menos não aqui. Mas encontre-o num beco escuro, e quem pode saber?

— Não estou com medo — ela insistiu, mas ela sabia que era mentira e ouviu seu próprio batimento cardíaco acelerar como se denunciasse a mentira.

— Pois deveria estar. Ele é um lobisomem e não alguém com quem você queira se associar.

Della se lembrou.

— O médico. Ele era um lobisomem e não parecia... ruim.

— Eles são todos ruins. — Chan olhou ao redor. — Aquela ali é uma *fae*, a morena bonita de vestido rosa. Bem, ela é metade *fae*, metade humana.

Della apertou as sobrancelhas e recordou o padrão da enfermeira no hospital.

— Eu acho que estou entendendo. Mas, se essas pessoas não se dão bem, como é que frequentam o mesmo bar? E por que trabalhariam juntos?

— Porque alguns sobrenaturais acham que devemos viver como uma grande família feliz. Como seres humanos que querem viver ao lado de leões. Eu admito que já me diverti muito brincando com algumas espécies. — Ele ergueu as sobrancelhas. — Especialmente seres humanos. É divertido brincar com a comida.

Della deu um passo atrás.

— Você é humano. Como pode...?

— Eu já disse, não vou enfeitar a realidade. Não sou mais humano. Nem você. Você precisa começar a olhar para os seres humanos como presas, porque isso é tudo o que eles são para nós.

Della cobriu a boca com a mão.

— O sangue que bebi, você não fez... mal a ninguém, fez?

— Eu o consegui num banco de sangue. — Ele desviou o olhar, quase rápido demais, como se mentisse. — Ah, está vendo o rapaz de camisa preta? Verifique o padrão dele, mas... se ele olhar para o nosso lado, desvie o olhar depressa.

Emoções davam voltas no peito de Della. Ela olhou para Chan.

— Olhe para ele, Della. Isso é importante. Você precisa saber identificar quem é quem.

— Por quê?

— Porque ele é um metamorfo. Você precisa ser capaz de reconhecê-los para que possa ficar longe deles. Eles são uma raça de cabeça quente. Toda aquela mudança de forma mexe com a psique deles. A maioria nos mataria sem pensar duas vezes.

As emoções dela estavam novamente fervilhando em seu peito.

— Não se preocupe — tranquilizou-a Chan. — O lugar onde você vai morar não...

Della se lembrou de trechos vagos da conversa entre eles sobre deixar sua família. Ela não podia fazer isso.

— Chan, eu...

— Eu vou levar você de volta para Utah comigo. É uma comunidade de vampiros. Estou pensando seriamente em entrar para uma gangue e, se você quiser, nós dois podemos...

Ela fez não com a cabeça.

— Mesmo se eu quisesse ir com você, meus pais nunca deixariam.

— Essa é outra razão por que estamos neste lugar. Há um cara aqui, um agente funerário, que vai nos ajudar a simular a sua morte. Como é que você prefere, acidente de carro? Talvez você caia e bata a cabeça quando sair da banheira. Ele é muito bom nisso.

Della ficou olhando para o primo, o ambiente à luz de velas fazendo tudo parecer surreal. Instantaneamente, ela se lembrou de como os pais de Chan tinham ficado devastados no funeral do filho, como ela e a irmã mais nova tinham chorado. Como Della tivera vontade de chorar, mas o pai dela não parava de olhar para lembrá-la de que ela tinha que ser forte.

— Não — ela disse a Chan. — Eu não vou fazer isso.

— Você não tem escolha.

— Não vou!

E foi então que ela sentiu uma aversão pelo primo. Ela tinha que ficar longe dele. Longe de tudo o que ele estava dizendo a ela. Ela o empurrou com força. Com mais força do que pretendia. E o viu voar para o outro lado do cômodo. Ela não esperou para vê-lo aterrissar, nem mesmo para ver se ele estava bem. Começou a correr. Lançou-se entre as mesas até que viu uma porta e correu para ela. O outro cômodo era ainda mais escuro, havia apenas duas ou três velas sobre um balcão. Ela correu para longe da luz, na esperança de se esconder, na esperança de se perder no meio da multidão.

De repente, um sujeito a segurou pelos antebraços.

— Devagar, docinho. Está tudo bem?

Docinho? Ela olhou para ele e, por causa das lágrimas, sua visão não estava muito nítida. Mas de repente a testa dele como que se abriu e ela viu o seu padrão. Ela não sabia o que era, mas, quando olhou mais fundo, teve uma leve sensação de aversão.

Ele se inclinou mais para perto. O hálito dele cheirava a cebolas.

— Eu pedi esta bebida para mim, mas acho que você precisa mais do que eu. — Ele colocou um copo quente na mão dela.

Ela estava prestes a recusar quando o cheiro a atingiu. Os sabores exóticos. Levou o copo aos lábios e engoliu tudo num só gole. Era melhor do que qualquer tipo de álcool que ela já tivesse provado. Ainda melhor do que o sangue que ela tinha tomado antes.

— O que era isso? — Ela lambeu os lábios para recolher a última gota.

— Sangue O negativo. Recém-drenado. — O cara sorriu. — Meu nome é Marshal. Que tal irmos para a minha casa? Eu tenho um pouco mais disso lá.

A sensação repugnante que o homem lhe provocava de repente a dominou.

— Já ouviu falar de estupro, seu pervertido? — Della fervia, percebendo que o cara era mais velho do que o pai dela.

— Precisa de ajuda? — perguntou uma garota que de repente estava ao lado deles. Vestida em estilo gótico, seus olhos faiscavam num tom dourado. Della franziu as sobrancelhas para ler o padrão cerebral da garota e concluiu que ela provavelmente era um lobisomem. A garota agarrou o homem pela camisa.

Ele a empurrou e segurou Della pelo braço. Della perdeu a cabeça e jogou-o do outro lado do bar, do mesmo jeito que tinha feito com Chan; em seguida correu para outra porta, mas não antes de olhar para trás e ver a garota lhe mostrar os polegares para cima. Della não pôde deixar de se perguntar se Chan não estaria errado sobre os lobisomens.

"Não acredite em tudo o que ele lhe disser. Você parece uma garota inteligente. Tire as suas próprias conclusões." As palavras do médico voltaram à sua cabeça, mas ela não teve tempo para pensar. Ouviu o velho tarado gritando ordens para outra pessoa, mandando-a encontrá-la e trazê--la de volta para que ele pudesse lhe dar uma lição.

Ela já tinha aprendido lições demais para um único dia, pensou. Correu mais rápido, derrubando mesas e cadeiras, e ocasionalmente cadeiras que não estavam vazias.

— Desculpe. Desculpe... — dizia enquanto avançava, atravessando o bar lotado e escuro. Ela sentia o cheiro de cerveja e ouvia o tilintar de cubos de gelo nas bebidas. O bar era como uma casa velha, com um monte de cubículos e salinhas cheias de mesas de jogos, onde as pessoas se agrupavam. Era como se alguém tivesse simplesmente construído os cômodos a esmo, criando um lugar semelhante a um labirinto. Ela avançou sem rumo, atravessou uma porta, depois outra, mas... talvez não estivesse andando tão sem rumo assim.

Ela seguia alguma coisa. Só não sabia o que era até... até que descobriu. O cheiro.

Sangue.

Ela entrou num outro cômodo e viu três homens estendidos na cama, com agulhas nos braços e sangue sendo drenado de seus corpos.

Seu primeiro pensamento foi que estavam sendo forçados a desistir da substância que lhes sustentava a vida; seu segundo pensamento foi... Humm. Seu estômago roncou e ela lambeu os lábios. Então, seu último pensamento a enojou. Ela deu um passo para trás, com medo dos impulsos que vibravam através de seu corpo, mas então o cheiro entrou em suas narinas e sua boca se encheu de água.

— Se está querendo comprar sangue, vai ter que pedir no bar — disse um dos homens. — Trabalhamos para o Tony e ele vai expulsar a gente daqui se começarmos a vender. Mas se quiser o nosso cartão, podemos conversar mais tarde.

Della viu quando um homem se levantou, tirou uma agulha do braço e selou a bolsa de sangue com um tipo de grampo plástico. Mas o cheiro maduro de todos os sabores exóticos encheu a sala. Ela viu quando ele colocou o sangue numa bandeja de metal.

— Com fome, não é? — perguntou ele, sorrindo para ela. Della apertou os olhos e viu que ele tinha um padrão semelhante ao da enfermeira. Será que era *fae*?

Ela respirou fundo, o cheiro enchendo as suas narinas novamente. Se eles estavam dispostos a lhe vender sangue depois, obviamente não estavam sendo forçados a doá-lo.

De alguma forma isso fez com que seu desejo pelo líquido vermelho parecesse menos hediondo.

O coração de Della disparou. Seu estômago resmungou e ela avançou na direção do homem, com o único objetivo, o único desejo de pôr as mãos naquela bolsa de sangue.

E conseguiu. Os outros homens se levantaram da cama, as agulhas arrancadas dos braços, o sangue se derramando no chão. Ela sibilou para eles pensando que iriam atacar, mas todos eles recuaram, como se ela os assustasse. Ela com certeza tinha assustado a si mesma. O ruído gutural que se desprendera dos seus lábios era diferente de qualquer outro som que já emitira.

Movendo-se para trás, Della encontrou a maçaneta da porta e fez menção de correr para fora, mas um ruído alto encheu sua cabeça. Alarmes. Ela apertou a bolsa de plástico cheia de sangue contra o peito e se abaixou entre as mesas lotadas. Cabeças se viravam e seguiam cada movimento dela. Ela se deu conta de que talvez os outros fossem como ela e provavelmente podiam sentir o cheiro do sangue. Mas não se importava. Precisava do sangue. Tinha que ficar com ele.

De repente, Della sentiu alguém agarrar o seu braço e puxá-la através da sala. Ela lutou, mas a força de seu agressor era parecida com a dela. Os alarmes não paravam de tocar, ela ouviu as pessoas correndo para longe dela e algumas em sua direção. Quem quer que segurasse seu braço continuou a puxá-la pela sala. Ela olhou para a frente e não viu uma porta, não havia como escapar. Será que iria morrer ali porque tinha roubado sangue? Ela tentou se libertar, mas não conseguiu. E então percebeu de repente que atravessavam uma vidraça, os cacos de vidro caindo ao redor, e em questão de segundos estavam voando.

— Aquilo foi uma tremenda idiotice! — gritou Chan. — Eles podiam ter nos matado!

Ela fechou os olhos com força, negando-se a demonstrar fraqueza, mas por dentro, onde contava mais, as lágrimas caíam. O que estava acontecendo com ela? Que tipo de monstro ela tinha se tornado?

Em questão de minutos, ela e Chan estavam do lado de fora da casa dela. Normalmente, eles aterrissavam sobre o telhado e se arrastavam através da janela do quarto dela. Mas não dessa vez. Ela pressionava a bolsa de sangue contra o peito, como se fosse uma pedra preciosa.

— Se é isso o que quer, é melhor tomar agora — disse ele, a frustração evidente na postura e no tom de voz. — Seus pais estão acordados e bem contrariados.

A bolsa de sangue na mão dela ainda estava quente. De alguma forma, o aroma vazou do plástico e encheu seu nariz. Della olhou para a casa.

— Como você sabe o que eles estão fazendo?

— Concentre-se. A sua audição sensível já deve estar funcionando.

Ela olhou para a janela do seu quarto.

— Eu não consigo ouvir nada... — Mas de repente ela percebeu que podia. A mãe chorava e o pai murmurava algo sobre encontrar uma boa clínica de reabilitação para drogados. Ela olhou para Chan. — Eu não estou consumindo drogas!

— Sim, mas está fazendo coisas que nunca fez, então eles simplesmente tiraram suas próprias conclusões. Meus pais fizeram a mesma coisa. — Ele suspirou. — Mas não importa o que pensam.

— Para mim importa! — Della retrucou.

Ele balançou a cabeça.

— Você não vê que vai ser impossível morar aqui? Não é como se pudesse manter um estoque de sangue na geladeira. Você não vai conseguir manter o mesmo estilo de vida que a sua família agora.

Ela balançou a cabeça.

— Eu não posso... Não posso me afastar... de Lee. Não posso deixar a minha irmã. Ela precisa de mim. — E quisesse admitir ou não, ela amava os pais também.

— Della Cabeça-Dura — ele murmurou. — Eu devia saber que você ia querer resolver tudo por si mesma. Então tudo bem... fique andando por aí com o seu sangue e veja se consegue explicar isso. Ele ergueu as mãos como se estivesse exasperado. — Estou indo embora. Voltando para Utah. Como você vai conseguir sangue amanhã ou depois eu não sei. Você não pode mais morar com humanos. Você não vai conseguir.

— Eles são a minha família — insistiu ela.

— Não são mais. Eu sou a sua família agora. Os outros vampiros são a sua família. Você vai ver. Não pertence mais a este lugar.

Ela olhou para a bolsa de sangue. Suas mãos tremiam. Seu peito doía de emoção.

— Ah, dane-se — disse Chan e a fúria em seus olhos desapareceu. — Me dá aqui este sangue. Eu te devolvo mais tarde. Vá ver seus pais. Mas estou avisando, eu não posso ficar por aqui para te arranjar sangue para sempre. Mais cedo ou mais tarde, você vai ter que deixar sua família. Você vai ver. Não importa quanto seja teimosa, mais cedo ou mais tarde, vai ter que aceitar a minha ajuda.

* * *

Della se recusava a chorar. Não importava o quanto as palavras do seu pai fossem duras, amargas. Ela ficou sentada ali no sofá, firme, ouvindo os insultos. Cada um doía um pouco mais. Mas ia aguentar firme. Não ia chorar. Seu pai não parava de falar, dizendo que ela era uma decepção para ele e a família. Que só tinha trazido vergonha para o nome de família. Que nunca mais seria capaz de enfrentar as pessoas novamente com o queixo erguido.

— Vá para o seu quarto e pense no que fez! — ele disse finalmente.

Ela saiu da sala. Não via a hora de ficar longe dele ou da mãe. A mãe tinha ficado impassível, deixando que o marido dissesse aquelas coisas horríveis. Tudo aquilo era mentira. Ela não estava usando drogas, nem vendendo seu corpo para alimentar sua obsessão. Ela tinha dado seu corpo a um homem, Lee, a quem amava e que a amava. Quando chegou ao quarto e bateu a porta, ela tentou engolir a vergonha, a raiva, a fúria que enchia sua garganta.

Em seguida, o cheiro doce de rosas encheu seu nariz. Seu olhar saltou para o arranjo. De repente, tudo em que podia pensar era Lee. Ela precisava dele para abraçá--la, para dizer a ela que tudo ficaria bem. Correndo para a janela, ela abriu a vidraça e olhou para a grama, dois andares abaixo. Ficou encostada ao parapeito por alguns segundos, sem saber como fazer aquilo, mas o desespero a fez saltar.

Ao cair em pé, sem sentir o impacto do salto, ela respirou fundo e começou a correr. A princípio correu mais devagar, então cada vez mais rápido. Logo não tinha certeza se seus pés estavam tocando o chão. Enquanto o vento soprava seu cabelo em torno do rosto, Della arquitetou um novo plano.

Ela não precisava morar com Chan em Utah; ela e Lee poderiam morar juntos. Eles já tinham conversado sobre isso. Podiam arranjar um emprego de meio período e estudar. Eles poderiam fazer isso.

Em menos de cinco minutos, ela estava na frente da casa de Lee. Ela olhou para a janela do quarto dele, mas estava tudo escuro. Claro que estava, eram duas da manhã, mas ela não se importava. Saltou, agarrando o parapeito e em seguida forçou a janela para cima. Felizmente não estava trancada.

Quando ela entrou no quarto, Lee se sentou na cama. Ele piscou, olhou para ela com os olhos castanho-escuros, e, em seguida, correu a mão pelo cabelo.

— Della?

Ela se aproximou.

— Eu... Eu tinha que ver você. Senti sua falta.

— Você está bem?

— Sim, estou bem.

— A sua mãe disse que os médicos não sabiam o que você tinha.

— Eles não sabiam, mas estou bem agora e estive pensando... Eu quero morar com você. Vamos alugar o nosso próprio apartamento como falamos.

Ele olhou para ela, o cabelo despenteado. Lee não estava usando camisa e tinha uma aparência atraente. Sexy. Ela se aproximou da beira da cama.

— Como você fez para... entrar? — Ele olhou para a janela.

— Estava destrancada.

— Mas a janela fica no segundo andar... — Ele coçou a cabeça.

Ela se sentou ao lado dele.

— Eu te amo, Lee. Quero ficar com você, para sempre. — Ela estendeu a mão para tocá-lo. A pele dele era tão quente, tão macia. Ela só queria se deitar ao lado dele, sentir seu abraço.

Mas ele se encolheu e se afastou.

— Você está fria. *Muito* fria.

As palavras dele trouxeram de volta algo que Chan havia dito quando ela ainda estava fora de si. Algo sobre seu corpo estar mais frio, que ela não podia mais deixar que os pais medissem a sua temperatura.

— O que há de errado com você? — perguntou Lee, afastando-se ainda mais dela. — Você ainda deve estar doente.

— Não — disse Della. — Eu estou bem, estou apenas... quer dizer... — O que ela iria dizer? Iria contar a ele a verdade? — Eu não estou com nenhuma doença contagiosa — disse ela.

— O que você tem? — Lee se encolheu na cama, quando tudo o que ela queria era que ele se aproximasse. Ela queria que ele a abraçasse, a beijasse e a fizesse esquecer tudo o que tinha acontecido nos últimos dias. Ele passou a mão pelo cabelo preto. — Você precisa ir embora. Se for pega aqui, sabe o que vai parecer.

— Vai parecer que estamos dormindo juntos. O que é verdade. E eu não me importo se as pessoas souberem.

Ela colocou a mão no ombro dele.

— Mas eu me importo — disse ele. — Não me toque.

— Ele tirou a mão dela. — Eu... me desculpe, mas não gosto do jeito como você está agora. Você não parece... a mesma. É difícil explicar, mas você está muito estranha. Acho que devia ir para casa e falar com seus pais, conseguir a ajuda de que precisa.

Uma constatação a atingiu então. Atingiu-a como um caminhão sem freios. Lee nunca iria gostar do modo como ela era agora. Se ele estava com medo de pegar algum tipo de gripe, como se sentiria se soubesse que ela era um vampiro? Que bebia sangue?

Um nó se formou em sua garganta, mas, como a filha que seu pai a criara para ser, ela não deixou uma única lágrima encher seus olhos.

— Eu entendo. — Ela se levantou.

— Entende o quê? — ele perguntou.

Ela se aproximou da janela e jurou que não iria olhar para trás, mas não resistiu. Ela se virou e encontrou os olhos dele. Por alguma razão, de repente viu algo em

Lee que nunca tinha visto antes. Ela viu seu pai. E, no entanto...

— Eu te amo. Eu sempre vou te amar. — E com isso ela pulou da janela do segundo andar. Ela o ouviu chamar o nome dela enquanto afastava as cobertas.

Mas ela desapareceu antes que os pés dele tocassem o chão.

* * *

Quando voltou para seu quarto, sentou-se na beirada da cama. Seu estômago roncou, sua boca se encheu de água e ela sabia do que precisava... Sangue. Onde estava Chan? E se ele tivesse tomado toda a bolsa de O negativo? Será que ele a abandonara? Ela se levantou e foi até o espelho e olhou para si mesma. Seus olhos já não eram castanho-escuros, mas dourados. De um tom brilhante e quente de amarelo, como se um fogo ardesse dentro dela. E ainda assim ela estava fria. Fria demais para Lee? Ela notou que seus dois caninos estavam... afiados.

Seu pulso acelerou e ela ouviu as palavras de Chan em sua cabeça.

— Você não pode viver com humanos. Você não pertence mais a este lugar.

Seu peito estava apertado e, dessa vez, ela começou a chorar. Lágrimas escorreram pelas suas bochechas. Aceitando o que era inevitável, ela pegou sua mala e jogou ali dentro algumas coisas. Quando Chan chegasse, ela estaria pronta. Então, percebendo que não poderia sair sem ao menos ver a família mais uma vez, ela saiu na ponta dos pés do seu quarto e desceu as escadas. A porta do quarto dos pais estava fechada, mas sem dificuldade ela a abriu um pouco. Apenas o suficiente para vê-los pela última vez. A mãe dormia com a cabeça sobre o peito do pai. A mãe podia não gostar do orgulho do marido, mas ainda o amava. Ela o amava, porque no fundo sabia que o pai havia abandonado o seu orgulho para se casar com alguém que não era da sua raça. Na verdade, ele amava a mãe mais do que o próprio orgulho.

Sua garganta apertou quando ela fechou a porta silenciosamente. Então voltou a subir as escadas, mas, em vez de caminhar para seu quarto, ela foi até o quarto de Joy. A porta não estava trancada. Ela entrou e se aproximou da cama. A irmã se virou para ela e abriu os olhos.

— Está se sentindo melhor? — ela perguntou.

— Sim. — Della tentou manter a voz firme.

Joy sorriu aquele seu sorriso sonolento que a fazia parecer mais nova que uma garota de 10 anos.

— Eu disse para a mamãe que você não ia morrer, porque você não ia me deixar. Você nunca me deixaria. — A menina se aconchegou sobre o travesseiro e voltou a dormir.

Lágrimas encheram os olhos de Della e a dor de saber que nunca mais veria a irmã pesou no seu coração. Ela se levantou e saiu do quarto. Fechou a porta e viu sua mala cheia de roupas. Ela tinha deixado a janela aberta, esperando que Chan voltasse. Uma brisa entrou. Estava... fria. Anormalmente fria. Um calafrio percorreu sua espinha.

Algo flutuou até o piso de madeira, chamando a atenção de Della. Ela olhou para o cartão. Pegou-o e viu o nome de Holliday Brandon escrito na parte superior. Abaixo do nome havia um número de telefone e as palavras "Acampamento Shadow Falls".

Vagamente, ela se lembrou do médico e da enfermeira dizendo a ela que poderia ligar para alguém, alguém que poderia ajudá-la a decidir a coisa certa a fazer. Mas ela não poderia ligar para uma estranha e pedir ajuda. Ou poderia?

Seus pensamentos voaram para a irmã e Della pegou o telefone e discou.

— Acampamento Shadow Falls — uma mulher atendeu. Della não conseguia falar. — Tem alguém aí? — perguntou a voz sonolenta. — Alô?

Outra torrente de lágrimas deslizou silenciosamente pela bochecha de Della.

— Meu nome é Della Tsang e preciso de ajuda.

Fim

SALVA AO
NASCER DO SOL

Capítulo Um

— Não vá se colocar em perigo! Sua tarefa é se infiltrar na gangue, mostrando interesse em se juntar ao grupo, descobrir se estão usando assassinatos como ritos de iniciação e depois dar o fora. E viva!

— Esse é o meu plano, também — respondeu Della Tsang com insolência, olhando para Burnett James, um dos responsáveis pela Academia Shadow Falls e, por acaso, também agente da UPF, a Unidade de Pesquisa de Fallen, basicamente o FBI do mundo sobrenatural.

— Não queremos que você traga ninguém para Shadow Falls. Não queremos que se preocupe com aqueles maus elementos — continuou Burnett, olhando bem nos olhos dela.

O sol da tarde se infiltrava pela janela atrás dele. Os cristais nas prateleiras do escritório de Shadow Falls captavam a luz e lançavam miragens de arco-íris na parede. Elas dançavam e se moviam como se fossem mágicas. E talvez fossem. Coisas bizarras aconteciam o tempo todo ali.

— Na verdade — esclareceu Burnett, chamando a atenção de Della novamente —, não achamos que seja o grupo que estamos procurando, mas, se for o caso, com o testemunho de vocês vamos ter provas suficientes para conseguir um mandado de busca, e temos quase certeza de que vamos encontrar todas as provas necessárias para colocá-los no xadrez.

Burnett, um vampiro de mais de 1,80 metro de altura e cabelos e olhos escuros, era osso duro de roer, além de se preocupar demais, mas por ser da mesma espécie que ela, Della o respeitava e aceitava o seu jeito superprotetor.

Ela só queria que o respeito fosse mútuo. Será que ele não confiava nela? Não sabia que ela podia cuidar muito bem de si mesma? Será que ele tinha que passar o mesmo sermão toda vez que a incumbia de uma missão?

— Entendo, senhor — falou Steve, o cara musculoso e de olhos e cabelos castanhos, sentado ao lado dela, enquanto ela continuava quieta. Pela primeira vez, Della notou que a voz do garoto tinha um leve sotaque arrastado do sul.

Della olhou para ele enquanto Steve dava total atenção a Burnett. *Mas que puxa-saco!*

Steve era a prova de que Burnett não confiava nela. Por que outro motivo insistiria para que Steve fosse com ela? Ela não precisava do metamorfo. Ele só iria atrasá-la.

— Espere aí — pediu Burnett, andando pelo escritório novamente. — Vou reformular a frase. Eu não quero apenas que você saia de lá viva. Quero que saia exatamente do jeito que entrou. Intacta, sem nenhum ferimento e, pelo amor de Deus, não deixe nenhum cadáver para trás! Você entendeu?

— Mas, desse jeito, que graça vai ter? — Della perguntou, com sarcasmo.

— Eu não estou brincando! — Burnett rosnou. — E, se você não vai levar isso a sério, pode dar o fora daqui, porque não estou de brincadeira.

Della se reclinou na cadeira, sabendo que era hora de calar a boca. Ela realmente queria cumprir aquela missão para a UPF. Queria ganhar o respeito de Burnett. Todo mundo precisava de alguém para impressionar. E como impressionar os pais não era mais uma opção para ela, resolveu que se contentaria com Burnett.

Não que impressionar alguém fosse a única razão do seu desejo de cumprir a missão. Mesmo antes de ter sido transformada em vampiro, ela já pensava em seguir carreira na justiça criminal, algo que lhe permitiria chutar alguns traseiros por aí. É claro que seus pais não gostaram nem um pouco quando souberam. Queriam que ela fosse médica. Queriam que ela fosse um monte de coisas.

Menos um vampiro.

Não que soubessem o que ela era. Na opinião de Della, se eles quase tinham tido um chilique só porque ela deixara de comer arroz quando ele passou a ter cheiro de chulé, como iriam aceitar que ela tinha se transformado num vampiro bebedor de sangue? A resposta era óbvia. Eles não iriam, nunca poderia aceitar isso.

Por sorte, ela tinha sido aceita em Shadow Falls, uma escola para seres sobrenaturais, e não precisava mais se preocupar com o que os pais pensavam sobre sua opção de carreira ou se comia ou não arroz. E, no entanto... Della não podia deixar de se perguntar se eles ainda pensavam nela ou se preocupavam. Será que se sentavam para jantar e percebiam que a cadeira da filha mais velha estava vazia? Será que a mãe nunca se esquecia da filha e deixava sempre um prato extra na mesa?

Ela duvidava.

Tudo bem, eles nunca deixaram de vir a Shadow Falls, no dia das visitas dos pais, mas eram sempre os primeiros a sair e pareciam ansiosos para ir embora. Especialmente o pai, o homem que Della tinha passado a vida inteira tentando impressionar.

"A filhinha do papai", era como sua mãe costumava chamá-la.

Em outros tempos...

Sem dúvida, a irmã já tinha assumido esse papel.

Tornar-se vampiro não tinha sido escolha de Della. Aquilo fora como uma daquelas rasteiras que a vida nos dá e cabe a nós apenas aceitar. O que significava que ela tinha que se conformar com o fato de que a família nunca mais seria capaz de aceitá-la. Não que isso realmente a incomodasse. Não incomodava mais.

Ela já tinha superado aquilo havia muito tempo.

— Estou sendo claro? — perguntou Burnett, puxando-a de volta para a realidade.

— Com certeza — assegurou Della, fazendo o possível para controlar seu temperamento esquentado.

— Sim, senhor — Steve assentiu.

Olha lá, o bajulador outra vez.

— Ok, vocês se lembram das instruções? — perguntou Burnett. — Sabem aonde ir e qual é o disfarce de cada um? Eles esperam encontrar vocês às quatro da manhã. Não se atrasem nem cheguem cedo demais. Não deixem que os levem para a sede deles. O costume, se é que vão seguir o costume, é que três membros se reúnam com vocês para conversar. Vocês conseguem as informações sobre como ingressar na gangue e fim de papo, vão embora.

— Entendido. — Della levantou a pasta marrom com as orientações. *Já é a décima vez que você repete isso.*

— Podem pegar suas coisas. — Burnett olhou para Della. — E, por favor, não me faça me arrepender de ter colocado você nesse caso.

— Você não vai se arrepender — disse Della.

Della e Steve se levantaram para sair.

— Steve — disse Burnett. — Me dê alguns minutos.

Della olhou de Steve para Burnett. Que diabos ele precisava falar com Steve que não podia falar na frente dela?

Burnett desviou o olhar para Della e indicou com os olhos a porta.

Franzindo a testa, Della se levantou da cadeira e saiu. Parou a alguns metros do alpendre, segurando a respiração e sem mover um músculo. Com esperança de que Burnett não estivesse ouvindo, ela sintonizou sua audição aguçada de vampiro e esperou para descobrir que diabos estava acontecendo. O sol da tarde derramava-se sobre as árvores, lançando sombras no chão, enquanto ela esperava imóvel no lugar.

— Posso confiar que você vai manter Della segura? — perguntou Burnett.

Della rosnou interiormente diante da atitude machista de Burnett e lutou contra a necessidade de correr de volta para dentro e dizer uns desaforos a ele. *Eu é que vou ter que proteger esse frangote!*

— Não acho que essa seja a gangue que estamos procurando. — A voz de Burnett era perfeitamente audível. — Ou eu não estaria enviando vocês dois. Só queremos descartar essa hipótese. Mas isso não significa que esse grupo não seja perigoso.

— Não se preocupe. — Ela ouviu a voz grave de Steve.
— Vou ficar o tempo todo de olho nela.

Uma ova que vai! Ela já tinha planejado fazer um pequeno desvio, e não precisava de Steve bancando sua babá.

* * *

Às seis da tarde, chegaram à cabana que a UPF tinha alugado para eles, perto da sede dos vampiros. Dizer que o lugar parecia uma pocilga era quase um elogio.

Claro, ela e Steve tinham que parecer um casal adolescente de sobrenaturais fugitivos. Ela supôs que teria parecido suspeito se tivessem alugado um lugar mais decente. Mas, caramba! Essa não deveria ser uma viagem divertida?

Ela não era nem um pouco fresca, mas dormir num colchão contendo mais ácaros do que espuma, e em lençóis que pareciam que não eram trocados havia mais de um ano, não era sua ideia de diversão. As cobertas não cobriam todo o colchão e o travesseiro tinha uma mancha de gordura irregular bem no centro, como se alguém com o cabelo não muito limpo tivesse dormido ali.

Ou talvez morrido ali.

Por mais nojento que fosse esse pensamento, ainda havia coisa pior. Alguém provavelmente tinha feito uma orgia naquela cama...

Eca!

Ela provavelmente poderia pegar uma doença se dormisse ali.

Ao voltar para a pequena sala de estar, encontrou Steve olhando para o sofá com tanto nojo quanto ela, ao ver a cama.

— Pensando bem, fico com o sofá — disse ela. — E não quero ouvir reclamação. Nem ninguém zanzando pela sala durante à noite.

Eles tinham voado até lá. Mas não de avião. Ele fora como um falcão-peregrino, o que significava que era rápido, e ela como, bem, como um vampiro, o que significava que era mais rápida ainda. Vampiros e metamorfos eram as duas únicas espécies que realmente podiam voar. Bem, e as bruxas ocasionalmente, mas Miranda, sua colega de quarto wiccana, jurava que as bruxas nunca viajavam numa vassoura.

O modo de transporte de Steve e Della também significava que eles tinham ficado sem se comunicar desde Shadow Falls até entrarem na cabana e ele insistir para que ela ficasse com a cama. E por quê? Segundo ele, porque, se alguém entrasse pela porta, ele poderia deter o invasor.

Isso francamente a deixava possessa! Ela quase o chamou de machista filho da mãe, mas depois percebeu que, se quisesse escapulir mais tarde, não podia deixar que ele ficasse perambulando pela sala antes do amanhecer, só para descobrir que ela tinha desaparecido.

Como ele parecia um cara de bons modos, cheio de princípios, aquela coisa toda, que não entraria no quarto de uma garota sem ser convidado, ela tinha ficado de boca fechada.

Convenhamos, era melhor que ele descobrisse que ela tinha saído do que dormir na cama e ficar com o corpo todo infestado de carrapatos.

Steve desviou os olhos castanhos para ela e um sorriso surgiu em seus lábios. Ele passou a mão pelos cabelos, que usava um pouco mais comprido do que a maioria dos garotos. Os fios voltaram a cair sobre a testa, parecendo instantaneamente cheios de estilo. Ela duvidou que ele frequentasse um salão de beleza para ter aquela aparência, mas essa era a impressão que passava.

O sorriso dele se alargou e ele colocou uma mão no bolso do jeans. A postura deixou os músculos do braço mais aparentes.

— Então, o que você está dizendo é que a cama é pior do que o sofá?

— Eu não quis dizer isso. — Ela tentou não rir, mas um dos cantos da boca se ergueu involuntariamente. Tentou não olhar para o sorriso torto do garoto ou admirar os lábios e os olhos dele. Nem os braços musculosos, que pareciam um porto seguro onde qualquer garota gostaria de ancorar. Ela faria qualquer coisa, até abriria mão da metade do tamanho do seu sutiã, para que ele fosse... feio. E olhe que, ao contrário das suas colegas de quarto em Shadow Falls, ela não tinha muitos tamanhos de sutiã para oferecer!

Della continuou a olhar para ele. Ela conseguiria enfrentar muito melhor um rosto feio do que alguém que mais parecia modelo de um anúncio de sabonete masculino. *Mas que droga!*, pensou, inspirando o perfume dele. Ela não achava que, depois de passar as últimas duas horas na forma de pássaro, ele estaria exalando o aroma de um daqueles sabonetes masculinos de aroma picante, mas era exatamente isso que parecia...

Ele tinha um cheiro... delicioso, e aquilo a deixava irritada também.

Se fosse uma bruxa como Miranda, sua colega de quarto de peitos grandes, ela o transformaria numa ave de cheiro repulsivo. E também o faria parecer menos... simpático. Ela não gostava de gente simpática.

A única pessoa simpática por quem Della tinha se afeiçoado era Kylie. E ela nem era tão simpática assim, embora Della não conseguisse odiá-la. Bem, nesse exato momento, Della a odiava. Odiava por ter ido embora. E se ela não desse as caras em Shadow Falls muito em breve, Della iria arrastar a amiga de volta, nem que fosse esperneando e gritando. Ela sabia que Kylie tinha ido encontrar o seu recém-descoberto avô e aprender mais sobre sua espécie, mas a verdade pura e simples era que a amiga pertencia a Shadow Falls. Afinal alguém tinha que impedir Della e Miranda de se matarem. E para isso não havia ninguém melhor do que Kylie.

— Nós poderíamos dormir os dois no sofá? — sugeriu Steve, e o *maledetto* parecia estar falando sério!

— Nem em sonho, homem-pássaro! — ela retrucou.

— Puxa! — exclamou ele, rindo. — Eu só quis dizer que você dormiria com a cabeça para um lado e eu, para o outro. Só com os nossos pés se tocando.

— Então você tem um fetiche por pés, hein? — ela perguntou, antes que pudesse se conter.

Uma expressão de humor iluminou os olhos de Steve. Como ele estava bem na frente da janela sem cortinas, iluminado pelos últimos raios de um por do sol radiante, ela pôde dar uma boa olhada naqueles olhos. Era impressão sua ou ele tinha raias verdes e âmbar naqueles poços castanhos?

O olhar dele baixou para os Nikes dela, tamanho 36.

— Não sei, não vi seus pés nus ainda.

Ouvi-lo dizer a palavra "nus" com aquele sotaque profundo do sul, mais profundo do que o Texas, fez com que o estômago de Della flutuasse como se ela tivesse doze anos de novo e nunca tivesse sido beijada. Meu Deus, o que havia de errado com ela? Desde quando achava o sotaque sulista sedutor?

Ela escondeu um pé atrás do outro.

— E você não vai vê-los nus! — ela retrucou, não gostando de saber que estavam ali havia menos de cinco minutos e já estavam... flertando. Pelo menos era o que parecia.

E Della Tsang não flertava.

Não mais.

O olhar dele percorreu-a desde os pés até o rosto.

— Isso nós vamos ver — disse ele.

Ficaram ali olhando um para o outro por um segundo. Então ele falou.

— Quer ir comer alguma coisa?

Ela franziu a testa.

— Trouxe alguns litros de AB positivo comigo na bolsa. — E que ela precisava colocar na geladeira. Embora a maioria dos vampiros preferisse sangue quente, Della gostava mais dele frio. Quando a temperatura do seu corpo gira em torno de 37 graus, você aprecia coisas mais frias do que quentes.

— Tudo bem, mas eu preciso de comida. Algo quente e gorduroso. Nutrientes para seja o que for que vá acontecer amanhã de manhã.

O disfarce de Steve era bancar seu namorado metamorfo, um cara que ela conheceu depois de fugir de casa. Eles não permitiam ninguém que não fosse vampiro na gangue, mas, se ela fosse aceita, ele poderia provar seu valor para eles e poderia ser aceito como um "extra". Basicamente ele era alguém enviado para fazer o trabalho sujo. O que era parte da razão por que ela tinha se irritado tanto com a insistência de Burnett para que Steve viesse com ela. Extras eram considerados dispensáveis.

— Não se preocupe, eu vou te proteger — disse ela.

— Falando assim você me deixa comovido... — Ele colocou uma mão sobre o peito largo. — Vamos, venha comigo comer um hambúrguer.

Ele tinha falado de um jeito que fazia aquilo parecer um encontro ou algo assim. Franzindo a testa, ela estava prestes a repreendê-lo quando se lembrou de ter visto um Walmart não muito longe dali, perto de algumas redes de *fast-food*. Ela poderia comprar lençóis, um cobertor e um desinfetante extraforte. Talvez assim conseguisse dormir na cama. Isso significava que ela poderia escapar do garoto sulista com fetiche por pés. Ela não pretendia demorar. Só precisava dar uma espiada. Uma espiada na vida que lhe fora roubada.

— Tudo bem. — Ela começou a sair do cômodo num passo rápido.

Ele saiu atrás dela e, em poucos segundos, tinha se transformado num veloz falcão-peregrino. Della não tinha certeza, mas achava que aquela era uma das aves mais rápidas do mundo. E não era um animal feio. Suas penas eram uma mistura de marrom, caramelo e preto. Seus olhos eram impressionantes, redondos, com grandes pupilas negras que pareciam sugar tudo à sua volta. E, quando ele estendia as asas, dava a impressão de que tinham manchas como as de um leopardo.

Della não sabia muita coisa sobre metamorfos, mas tinha ouvido dizer que a capacidade de se transformar rapidamente era um sinal do seu grande poder. Ele tinha se transformado em pássaro num piscar de olhos! Não que ela estivesse impressionada...

Assim como não flertava, Della Tsang não se deixava impressionar. Não quando o assunto eram garotos.

Pelo menos não deixava mais.

Não desde que tinha se transformado em vampira, seu corpo passara a ser frio como gelo e seu coração tinha sido feito em pedacinhos pelo sujeito que prometera amá-la para sempre.

* * *

Della aterrissou com um baque no chão, nos fundos do hipermercado. Steve, ainda na forma de pássaro, aterrissou elegantemente ao lado dela. Suas asas estendidas, exibindo toda a sua envergadura.

Imediatamente, ele começou a girar até voltar à forma humana, e como sempre acontecia quando um metamorfo se transformava, centelhas brilhantes começaram a flutuar à sua volta. Uma delas ficou pairando no ar da noite e bateu no braço dela, enviando uma pequena descarga elétrica até o cotovelo que a fez se encolher, como se ela andasse sobre um tapete e, de repente, tocasse algo metálico.

— O que estamos fazendo aqui? — perguntou Steve, confuso.

— Vamos comprar roupa de cama e desinfetante. — Ela massageou o cotovelo e, em seguida, olhou para cima. O céu estava escurecendo e as estrelas ainda não tinham saído. Ao erguer o nariz, seu superolfato de vampira captou um leve odor de lobisomem sob um forte cheiro de óleo de motor.

— Algum problema? — perguntou Steve.

— Alguns lobisomens, mas não estão muito perto.

Ele franziu o cenho.

— Droga, vamos comprar o que você precisa, comer um hambúrguer e voltar quanto antes.

Ela sorriu.

— Você está com medo de um casal de lobisomens?

— Com medo? Não. Mas não precisamos arranjar nenhum problema no momento. — Ele começou a andar e ela o acompanhou.

— Às vezes arranjar problemas é divertido.

— Concordo, mas vamos poupar a nossa energia para qualquer problema que tivermos amanhã.

— Alguém já disse que você é um porre? — ela acusou.

— Não, mas admito que gosto mais de namorar do que de brigar.

Ela manteve os olhos fixos nas sombras escuras, certificando-se de que nada se escondia ali.

— Nossa! Isso é tão brega...

— Pode ser brega, mas é verdade. — Uma nota de humor soou na voz dele.

— Continuo achando brega... — ela murmurou.

Ela o imaginou sorrindo de novo, mas, com medo de se deixar envolver por aquele sorriso, não se arriscou a olhar para Steve. Ouvir o riso na voz dele a fez sentir borboletas no estômago. Ou será que ela estava apenas com fome e precisando de um pouco de sangue?

Depois de entrarem no hipermercado, compraram sem demora dois lençóis, um par de fronhas, dois cobertores e alguns desinfetantes. E Steve também jogou no carrinho um saco de batatas fritas. Na lanchonete ao lado, ele pediu um hambúrguer para viagem, mas devorou-o enquanto deixavam a lanchonete e procuravam um lugar isolado onde ele pudesse se transformar.

Steve terminou o hambúrguer quando entravam num beco escuro atrás do estacionamento do Walmart. Della notou que ele tinha enfiado a embalagem do sanduíche no bolso da jaqueta. O cara nem sequer jogava lixo no chão, embora o asfalto estivesse coberto de sujeira! Eles só tinham avançado uns três metros quando ouviram um grito.

O tipo de grito que só se dá em caso de vida ou morte.

Capítulo Dois

Della parou, seu olhar varrendo a escuridão na tentativa de localizar o autor do grito. Steve empurrou-a para as sombras. Uma mulher apareceu de repente, do outro lado do beco, correndo como se fugisse do diabo em pessoa. E poderia ser esse o caso, porque ouviam-se passos apressados de alguém correndo atrás dela.

Alguém do sexo masculino.

— O que eles são? — Steve sussurrou, tão perto que ela pode sentir o hálito dele contra a bochecha.

Os dois estavam muito longe da mulher para distinguir o padrão na testa que diferenciava as espécies e era algo que todos os seres sobrenaturais podiam ver. Mas Steve obviamente confiava no olfato dela. Della inspirou e tentou identificar os odores no ar, além do sabonete masculino que encheu seu nariz.

— Humanos.

— Ainda bem. — Ele saiu do beco.

A mulher gritou de novo quando o atacante a alcançou. Della, com a sacola plástica na mão, bateu levemente em Steve para que ele partisse para a briga. O homem foi para cima da mulher, atacando-a como se ela fosse um saco de pancadas. No mesmo instante Della correu e tirou o cretino de cima da vítima e o atirou a uns bons cinco metros no ar. Não era o suficiente para matá-lo, mas ela esperava que a queda pelo menos causasse algum estrago.

O sangue escorria do nariz e da boca da mulher, caída no chão.

— Você está bem? — perguntou Della, agachando-se ao lado dela. Quando o cheiro de sangue encheu seu nariz, Della teve que se esforçar muito para não deixar que seus olhos começassem a brilhar de fome.

— Estou. — A mulher falou com um soluço. — Ele é meu marido, mas está bêbado. — Ela limpou o sangue dos lábios. — Perde o controle quando bebe.

Mas ele não era o único que tinha bebido. Della podia sentir o cheiro de álcool no hálito da mulher.

— Isso não é problema de vocês — disse uma voz pastosa atrás Della. Se ela não estivesse tão concentrada na mulher, teria ouvido o homem se aproximar.

Della olhou para cima. Em pé diante deles, estava o marido bêbado, que Della obviamente não tinha jogado longe o suficiente. É claro que podia corrigir isso agora.

Ele estendeu a mão na direção de Della, com fúria nos olhos e cheiro de uísque em seu hálito.

— Mas agora o problema também é seu, cadela!

Antes que Della pudesse se levantar, Steve agarrou o homem pelo braço e o fez girar, para deixá-lo de frente para ele.

Começaram a trocar socos. Della ouviu o que parecia um punho batendo contra um osso. Ela poderia jurar que o idiota tinha acertado um soco em Steve. Quando saltou para a frente com a intenção de acabar com a briga, Steve deu o golpe final. Desferiu um soco violento de direita. O marido recebeu a direita de Steve bem no nariz e caiu duro no chão.

Teria sido bom saborear o momento de glória, mas um par de luzes azuis piscantes apareceu no final do beco. Steve virou-se para Della.

— É a polícia. Precisamos dar o fora daqui.

Della pegou a bolsa e a sacola e eles dispararam a toda velocidade. De longe, ouviram os policiais gritando para que parassem. Eles não pararam. Não podiam.

Burnett não tinha falado explicitamente que não podiam ser presos, mas Della tinha um palpite de que ele desaprovaria...

— Polícia! Eu disse pra pararem! — o policial gritou novamente.

Passos ecoaram atrás deles, perseguindo-os pelo beco.

Eles dobraram a esquina de um beco lateral, e Della não tinha certeza se teriam tempo de escapar, sem que os policiais os vissem.

* * *

A geladeira da cabana não tinha máquina de gelo. Ela supôs que deveria ficar feliz ao ver que dentro do refrigerador havia uma bandejinha com cinco cubos de gelo. Ela colocou os cinco cubinhos dentro de uma das fronhas novas e a entregou a Steve. O olho dele estava inchado e quase se fechando.

— Segure o gelo contra o olho — disse ela.

Eles tinham conseguido fugir da polícia, mas por pouco. Ela olhou para o olho inchado de Steve.

— Por que você não se transformou em algum bicho e mordeu a bunda dele? — Ela sugeriu com rispidez.

— Não nos transformamos na frente de humanos — explicou ele. — Essa é a regra número um dos metamorfos.

— Acho que a regra número um deveria ser salvar a própria pele.

— Está enganada — disse Steve.

Ela balançou a cabeça, mostrando desaprovação.

— Os dois estavam bêbados, quem teria acreditado neles?

Ele voltou os olhos para ela.

— E se os policiais me vissem durante a transformação?

Ela franziu a testa, aceitando o argumento dele, mas sem gostar nem um pouco.

— Coloque o gelo no olho. — Depois de um segundo, continuou: — Então você tinha que deixar que fizessem de você um saco de pancadas?

Steve deixou cair o gelo do rosto.

— Ele só me deu um soco, e quem é que ficou caído no chão quando saímos?

Della gemeu.

— Você deveria ter me deixado cuidar dele.

Steve a ignorou e estendeu a mão para tocar o olho.

— Ei... este olho vai estar bom amanhã. Sou um metamorfo durão, que não tem medo de uma boa briga.

Della revirou os olhos para ele do jeito que Miranda revirava os olhos para todos.

— Mas você acabou de quebrar uma das regras de Burnett. Vai voltar machucado.

Steve sorriu.

— Eu vou dizer a ele que foi você quem fez isso.

Della se sentou no velho toco de pinheiro que servia como mesa de centro.

— Ele saberia que isso não é verdade mesmo que não pudesse ouvir a mentira nas batidas do seu coração. Se você me irritasse, eu não teria parado num olho roxo. Você ficaria com hematomas no corpo todo.

— Essa é que é uma mentira deslavada! Eu não acho que você teria coragem de me machucar. — Ela ouviu seu sotaque sulista outra vez.

— Não tenha tanta certeza... — Ela fez uma pausa. — De onde você é?

— De onde acha que eu sou? — Ele sorriu, como se a pergunta o agradasse.

E Della sabia por quê. Ela tinha mostrado interesse por ele. Ela não deveria ter feito a pergunta, porque ele poderia pensar que ela realmente gostava dele ou algo assim.

— Acho que você é de algum lugar onde falam engraçado — ela provocou, levantando-se para pegar seu sangue na geladeira. Encontrou um copo no armário, enxaguou duas vezes, serviu nele seu jantar e sentou-se à mesa da cozinha.

Ele desabou na outra cadeira da mesa.

— Sou do Alabama. Meus pais me arrastaram para Dallas há dois anos.

— Você não gosta do Texas? — ela perguntou, franzindo o nariz quando percebeu que tinha feito de novo, demonstrado interesse por ele. Mas talvez ela devesse parar de implicar tanto consigo mesma; afinal, eles estavam numa missão e tinham que fingir que eram namorados. Se alguém lhe perguntasse alguma coisa, ela teria que saber responder.

— Desde que fui para o acampamento, neste último verão, passei a gostar do Texas. Antes disso... não gostava, não. Em Dallas, eu estudava numa escola preparatória esnobe, e nem era para sobrenaturais. Essa escola tinha a ver com a maneira de pensar e de viver dos meus pais, mas eu não gosto muito de escolas esnobes.

Della também achava que Steve não combinava com esse tipo de escola. Não que não parecesse inteligente, ele parecia. Mas era um cara que vivia mais na dele, não alguém que gostasse de parecer superior.

Mais algumas perguntas surgiram em sua mente, mas ela hesitou em perguntar. Só virou o corpo nas mãos.

O silêncio deve ter pesado no ar para Steve também, porque ele continuou.

— Meu pai é presidente de uma petrolífera, minha mãe é médica. E eu sou apenas um garoto que não deveria se importar com o que quer, mas apenas crescer, se tornar o que os pais querem que ele seja, e fazer com que isso pareça bom aos olhos do mundo humano.

— Eles são metamorfos também, não são? — ela perguntou.

— Sim, mas quase ninguém percebe isso. Já faz anos que a minha mãe não se transforma. Meu pai só faz isso para aliviar o estresse, mas eles gostam de viver no mundo humano.

— E você não? — perguntou Della, pensando em quantas vezes ela tinha desejado poder voltar para o mundo humano e ser um deles. Claro, ela apreciava seus poderes, adorava saber que podia se dar muito bem numa briga. Mas preferia que a conquista desses poderes não lhe custasse tantas coisas na vida. Ou melhor, tantas pessoas que faziam parte da sua vida.

— Não quero fugir e me juntar a uma comunidade sobrenatural ou algo assim, mas tenho orgulho do que sou. Posso respeitar as regras, não me expondo na frente dos seres humanos. Não tenho nenhum problema com regras, mas não quero esconder essa parte de mim.

— Não censuro você. — Ela não achava que pudesse se esconder, também. Não agora.

— Não estou reclamando deles — Steve se explicou. — Quer dizer, contanto que a minha família não tenha que se ver com muita frequência, quase esquecemos que estamos todos desapontados uns com os outros.

Ela sabia muito bem qual era a sensação de decepcionar os pais. Suspirando, olhou para a fronha amarrotada contendo os cinco pedaços de gelo. Steve a trouxera até a mesa, mas não a estava usando.

— Você devia colocar isso no olho. É todo gelo o que temos.

Ele segurou a fronha contra o olho e olhou para ela com o outro.

— E qual é a sua história?

— Não tenho nenhuma história pra contar — mentiu.

Ele inclinou a cadeira para trás, apoiando-a sobre duas pernas. Com metade do rosto escondido atrás da fronha, olhou acusadoramente para ela com o olho bom.

— Mentirosa.

Ela engoliu em seco e se levantou, pegando o copo. Ele não a impediu de se afastar.

— Acha que não vejo como você fica no dia de visitas? Parece totalmente infeliz quando vê seus pais entrando — Ele tirou o gelo do olho. — E só parece mais infeliz quando os vê indo embora.

Ela franziu a testa. Não gostava de saber que seus sentimentos com relação aos pais eram tão evidentes.

— Você não é *fae*, não pode captar as minhas emoções. Então pare de tentar. — Ela deu dois passos e, então, olhou para trás. — Hora de dormir.

Ele deixou a cadeira cair sobre as quatro pernas.

— Ainda é cedo. — Seus olhares se encontraram. — Me desculpe por dizer aquilo. Eu apenas pensei... Contei sobre os meus pais, então... Não temos que falar a respeito disso. Escolha um assunto e vamos falar sobre o que você quiser.

Ignorando a súplica em sua voz suave, ela pegou a sacola do Walmart e desabou no sofá. Tirou dali um lençol, um cobertor e a outra fronha.

— Precisamos estar de pé às três e meia da manhã. Então não me perturbe.

* * *

Ela pulverizou a cama três vezes com desinfetante, estendeu o lençol e, em seguida, amontoou a velha roupa de cama embaixo para fazer parecer que ela estava sob o cobertor. Esperava que, se ele desse uma espiada no quarto, presumisse que ela só estava sentindo frio — sem descartar o trocadilho...

O fato de ter o corpo frio, Della pensou, era a coisa que ela mais detestava em sua natureza de vampiro. Beber sangue era algo com que podia lidar, mas quando alguém esbarrava nela acidentalmente e se encolhia ao perceber a baixa temperatura do seu corpo, ela se sentia... um monstro.

Ela sabia por quê. Essa tinha sido a única coisa que impedira Lee de tocá-la depois da transformação. *Você está estranha*, ele dissera. *Está fria. Acho que ainda está doente.*

Um pensamento louco lhe veio à mente. Será que Steve também não gostava da frieza do corpo dela? Ela afastou o pensamento, porque na verdade não estava interessada em saber a resposta. Inclinando a cabeça para o lado, tentou ouvir o metamorfo. Quando estava fazendo a cama, tinha ouvido o parceiro fazer o mesmo com o sofá.

Devia estar dormindo agora, porque ela só conseguia ouvir o som muito sutil de alguém respirando.

A conversa que eles tinham travado sobre os pais dele flutuava na cabeça dela e tocava seu coração, provocando uma leve emoção. Ele quase parecia conformado com o mau relacionamento com os pais. Ou será que estava apenas fingindo, como ela tinha feito tantas vezes?

Percebendo que estava deixando Steve monopolizar seus pensamentos, Della soltou uma profunda lufada de ar. Depois de ir até a janela, calmamente levantou a vidraça. Ficou ali por um segundo, ouvindo os sons da noite, e depois escalou o parapeito. Ficou sentada ali quase um minuto antes de saltar para a rua.

O tempo sombrio de setembro era frio, mais frio do que sua pele. O cabelo açoitava seu rosto e se espalhava por todos os lados, às vezes cobrindo seus olhos. Um barulho e uma leve brisa vieram da esquerda. Alguém a estaria seguindo? Ela ergueu a cabeça para farejar o ar. Não sentiu nenhuma outra criatura, mas com o vento forte que soprava em sua direção, não sabia ao certo se seu faro captaria alguma coisa com rigor.

Sem diminuir o passo, ela olhou para trás. Nada a não ser a noite a acompanhava.

Ela considerou a que distância estava da comunidade de vampiros e da sua gangue. O medo arrepiava sua pele, mas ela o afastou. Se fossem eles, ela já tinha um disfarce para estar ali. Certamente iriam fazer perguntas antes de atacarem. Assim esperava.

Em poucos minutos, avistou o lago que havia ao lado da casa dos pais e começou a descer em direção a ele. Seu coração deixou de sentir medo para sentir algo ainda mais desconfortável. Tristeza.

Ela estava a um quarteirão de casa, no parque do bairro. A blusa e o jeans pretos ajudavam-na a se camuflar na escuridão.

Movendo-se nas sombras para que ninguém a visse, notou luzes na sala de jantar dos pais. Ou a família estava jantando mais tarde ou se distraindo com jogos de tabuleiro. A mãe adorava esse tipo de jogo.

Enquanto andava entre os arbustos e a casa, Champ, o cachorro do vizinho que adorava cheirar as partes íntimas de todo mundo, latiu no seu quintal. Então Della ouviu o riso.

A risada do pai.

Seu coração se contraiu e a garganta se fechou. Ela ainda não o vira sorrir desde que se mudara para Shadow Falls. Avançando com mais cuidado ainda, espiou pela janela.

A cena parecia saída de um daqueles filmes da Sessão da Tarde, mostrando uma família feliz. Uma família a que ela na verdade não mais pertencia.

Lágrimas arderam em seus olhos quando ela viu. A mãe, a irmã e o pai jogando Palavras Cruzadas. Eles pareciam tão felizes, tão... completos. Será que não sentiam falta dela? Nem mesmo um pouco?

Um galho estalou às suas costas e seu coração subiu para a garganta. Della se virou. Champ, o mestiço de labrador e pastor alemão, olhou para ela; ou será que ele também estava olhando pela janela? Sua cauda começou a se agitar devagar.

— Como é que você escapou? — ela sussurrou para o cão enquanto sentia uma lágrima deslizar pelo rosto. Ele abaixou a cabeça, soltou um ganido baixinho e esfregou o focinho contra o joelho dela. — O que foi? Nada de cheirar minhas partes íntimas hoje, ok? Eu estou sofrendo...

O cachorro olhou para ela como se realmente sentisse sua falta. Como aquilo era possível? O cachorro do vizinho sentia falta dela enquanto a própria família não sentia nada?

Saindo de trás dos arbustos, Della coçou a orelha do cão. Secou uma lágrima persistente e se foi.

Em menos de cinco minutos, estava na frente da casa de Lee. Quando a porta da garagem se abriu, ela correu para a lateral da casa. Um carro deslizou para fora da garagem e ela viu Lee no banco do motorista.

Onde será que ele estava indo? A um encontro? O coração dela sabia. Seu coração também dizia que ela deveria voltar para a cabana. Não precisava vê-lo.

Mas ela viu.

Kylie tinha dito a ela mil vezes que precisava esquecer Lee. Mas talvez fosse essa a única solução. Se visse Lee com outra pessoa, talvez conseguisse esquecê-lo. Ela poderia deixar de se agarrar à esperança de que ele se arrependeria e voltaria para ela, implorando por uma segunda chance.

Della o seguiu até uma casa do outro lado do bairro. Esperou alguns minutos nas sombras, ainda torcendo para que estivesse errada. Talvez ele só tivesse ido à casa de um amigo.

Quando ele saiu com uma garota ao seu lado, uma oriental, o nó no peito de Della voltou. Aquela era a noiva. A mesma com a qual, segundo ele, seus pais queriam que ele se casasse. Ver essa cena deveria ter sido suficiente. Ver como ela se agarrava ao braço dele. Della deveria ter se afastado logo em seguida, mas não. Quando o casal entrou no carro, ela o seguiu até o restaurante.

O Dragão Vermelho. Era um restaurante que pertencia a alguns amigos dos pais de Lee. A mãe dele várias vezes tinha tentado persuadir Della e Lee a irem lá. Mas Lee sempre dizia que não queria comer comida chinesa. Já comia o suficiente em casa.

Por que será que ele queria comida chinesa agora?

Della parou em frente ao restaurante, enquanto Lee estacionava o carro. Ela se escondeu atrás de uma grande estátua de dragão, esperando para vê-los passar. Um gatinho com cara de esfomeado se esgueirava perto do restaurante.

— Não tenho nada pra você comer. Mas tem uma lixeira ali nos fundos, posso sentir o cheiro daqui — ela sussurrou e, em seguida, ouviu passos.

Eles estavam de mãos dadas e a garota, a noiva de Lee, exibia um grande sorriso, os olhos brilhantes de tanto rir. Enquanto caminhavam para a porta, Della sentiu o aroma da colônia dele.

A raiva cresceu em seu peito. Della tinha comprado aquele perfume para Lee no Natal. Será que ele não se lembrava? Será que não se importava? Como ele podia usá-lo para sair com outra garota se Della é quem lhe dera o presente?!

Ela esperou uns dez minutos, tentando se convencer a ir embora. Dizendo a si mesma que estava tudo acabado. Mas, quando pensou em correr para longe, em vez disso deu meia-volta e entrou no restaurante.

Disse à recepcionista que estava procurando alguém e passou por ela, seguindo em frente, na direção do aroma picante com toques de gergelim. Passou por um grande aquário com peixes coloridos nadando em círculo, como se estivessem procurando uma saída. Ela continuou, passando por um casal, e percebeu pelo barulho de algo crocante se partindo que estavam abrindo seus biscoitos da sorte. Talvez ela devesse pegar um para ver seu próprio futuro. Porque só Deus sabia o que ela planejava fazer quando encontrasse Lee. Uma parte dela queria pular no pescoço dele por querer impressionar outra garota com o perfume que ela lhe dera. A outra parte queria cair de joelhos e implorar que ele pelo menos dissesse que sentia falta dela.

Durante todo aquele tempo ela acreditara que Lee tinha ficado noivo por causa da pressão dos pais. Agora, ela não sabia no que acreditar. Eles não pareciam ter sido forçados a nada. Ele na verdade parecia... feliz.

Vá embora. Vá embora. Vá embora. A voz da razão gritava em sua cabeça. Mas então ela os viu numa mesa mais atrás. Uma mesa à luz de velas. Romântica. Viu que conversavam. Não em inglês, mas em mandarim.

Della falava mandarim. Seu pai tinha feito questão disso. Mas Lee nunca tinha falado com ela naquele idioma. Nesse momento Della soube com certeza que não tinha sido abandonada porque se transformara em vampiro. Tinha sido abandonada porque era mestiça.

Ela ouviu a garota falar sobre nomes. Nomes que dariam ao seu primeiro filho. Lee inclinou-se e a beijou. Um beijo romântico, que foi como um soco no estômago de Della. Pela felicidade que percebeu na voz de Lee e pelo jeito como ele a beijou, Della suspeitou que a escolha da garota tinha sido mais por preferência dele do que dos pais.

Um garçom devia ter deixado cair uma bandeja, porque um barulho alto soou bem atrás dela. Della sabia que deveria se virar e correr ao ouvir o barulho, mas já era tarde demais. Ela assistiu com horror quando Lee largou a mão da noiva e olhou para a frente. Ela viu seus olhos se arregalarem ao vê-la. Eles teriam se arregalado de susto ou de alegria? Ela não sabia.

Vá embora! Não fique aí com esse olhar patético. Mas seus pés pareciam colados ao chão, e "patética" era exatamente como se sentia. Seus olhos se fixaram nos dele quando o viu se levantar e começar a se mover na direção dela. Direto para ela. E Della sabia que naquele momento ela parecia mais do que patética.

Ela parecia alguém digna de dó.

Triste.

Arrasada.

Constrangimento e vergonha tomaram conta dela. Mas não teve tempo para deixar que esses sentimentos a dominassem. Alguém a agarrou pela cintura e a puxou para perto. Chocada, ela olhou para... para Steve! Ele sorriu para ela.

— Já estava sentindo sua falta... — disse ele e então a beijou. Não um beijo terno, mas um beijo que envolvia línguas e... toneladas de desejo.

Capítulo Três

Della sentiu a vergonha escoar para fora de si ao mesmo tempo que outra coisa a invadia. E não era apenas a língua de Steve. Era... paixão. Era a sensação de estar viva. Era a esperança de que sua vidinha triste não tivesse acabado. Desde que se tornara um vampiro, desde que perdera Lee, ela achava que não poderia mais sentir aquilo. Ou talvez só pensasse que não iria mais sentir.

Alguém limpou a garganta. Percebendo o som familiar de desaprovação vindo de Lee, ela colocou a mão no peito de Steve e o afastou com relutância. Encontrou os olhos dele brevemente. Ela sabia que ele a beijara para salvá-la da situação delicada, mas também sabia que ele tinha gostado tanto quanto ela. A prova estava lá em seus olhos castanhos e ardentes. Mesmo com um dos olhos machucados, ela viu em seu olhar o ardor de quem acabara de ser beijado.

Ela se virou para Lee e descobriu que ainda não tinha a menor ideia do que dizer a ele.

— Hã, oi. Eu...

— O que você está fazendo aqui? — perguntou Lee.

— Além de ficar se agarrando com esse cara no meio do restaurante, é claro...

E ele? Não tinha acabado de beijar a noiva?

Por mais incrível que parecesse, Della viu em Lee algo que nunca tinha visto antes. O pai dela. Ou, pelo menos, a mesma atitude de desaprovação. Será que Lee sempre fora assim e ela só tinha percebido naquele momento? Ou ele teria mudado?

— O que foi? Perdeu a língua? — ele insistiu.

As palavras causaram um curto-circuito na cabeça de Della e ela não conseguiu decidir o que sentir em relação a elas ou como responder. Além do fato de sua língua não conseguir acatar ordens, estava em choque por ter acabado de experimentar a língua de Steve.

— Estávamos jantando — respondeu Steve por ela. — Na verdade, estamos comemorando nosso aniversário de três meses. — O olhar dele se desviou para ela.

— Três meses? — Lee perguntou como se estivesse irritado por ela ter começado a namorar tão cedo depois do rompimento. Mas, dane-se, o cara estava noivo! O que ele estava pensando... Ela abriu a boca de novo para dizer algo, mas Steve se adiantou.

— Desculpe — disse Steve. — Não me apresentei. Você deve ser um velho amigo de Della. Eu sou Steve...

Lee o ignorou e olhou para Della.

— Pensei que você estava naquela escola.

Naquela escola? Será que ele não se lembrava nem do nome da escola que ela frequentava?

— Estou. — Ela finalmente conseguiu dizer. — Nós... só demos uma escapada.

— Então você o conheceu na escola? — perguntou Lee, e ela podia apostar que ele estava contrariado. A raiva começou a despontar dentro dela novamente. Ele não tinha o direito de estar contrariado. Nenhum direito!

Steve falou novamente.

— Foi amor à primeira vista. — Ele olhou para Della e passou a mão quente em torno da curva de sua cintura, puxando-a um pouco mais. Seu olhar disparou de volta para Lee. — Ainda não sei como fui tão sortudo. — Se não houvesse tanta honestidade na voz dele, poderia ter soado falso. Por um segundo, ela desejou ter escutado o batimento cardíaco dele, outro pequeno talento dos vampiros. Steve tinha se interessado por ela à primeira vista?

A noiva de Lee se levantou da cadeira, mais atrás, e parou ao lado de Lee. Della não pôde deixar de notar quanto ela era bonita — uma beleza bem de acordo com os padrões orientais. Seu cabelo era longo, mas elegantes e mais escuros do que os de Della. Seus traços eram de boneca. Um nariz minúsculo, uma boca bonita em arco e oblíquos olhos negros que brilhavam com inteligência. Sem dúvida, os pais de Lee tinham escolhido bem.

Ou será que Lee a escolhera? E se ele tivesse o tempo todo planejado romper com Della? Ele parecia muito feliz sentado ao lado da noiva até Della aparecer.

Não que Lee parecesse muito feliz agora. Franziu o cenho quando a noiva passou o braço pelo dele, mas fez a coisa certa e os apresentou.

— Mei, esta é Della, e seu... amigo. — A palavra "amigo" soou mais como um palavrão. — Um amigo que, pelo olho roxo, obviamente gosta de lutar.

Della ficou tensa, pronta para dizer que Steve só estava com o olho roxo porque se envolvera num briga para defendê-la. Algo que, de repente ela percebeu, Lee nunca tinha feito. Nem mesmo para defendê-la dos ataques dos pais dele.

— Na verdade — Steve falou novamente —, a gente estava na cama, brincando de luta, e Della me deu uma cotovelada sem querer.

Lee enrijeceu os ombros e tudo o que Della conseguiu pensar foi: *Continue, Steve!*

Mei olhou para Lee e pareceu perceber a reação do noivo. A garota franziu a testa ao olhar para Della, que sabia muito bem reconhecer um olhar de ciúme. Ela também franzia a testa cada vez que pensava em Lee com outra pessoa. Estranhamente, agora Della estava sentindo... O que ela estava sentindo? Raiva. Mágoa. Tristeza. Mas não ciúmes. Isso significava alguma coisa, Della sabia, mas agora não era o momento de pensar naquilo.

— A gente tem que... — As palavras dela ficaram pairando no ar quando encontrou os olhos de Lee novamente. O sentimento de tristeza cresceu em seu peito e ela encontrou um nome melhor para essa emoção. Luto. Ela amava Lee. Amava-o com todas as suas forças. E se entregara inteiramente a ele — seu coração, seu corpo, sua mente. Agora ela o perdera. E se lamentava por isso.

— ... ir. A gente precisa ir. — Steve terminou por ela. — Já paguei a conta. — Steve soltou a cintura de Della e estendeu a mão para Lee. — Foi um prazer conhecê-lo.

Lee não a apertou. O que era superestranho e não tinha nada a ver com Lee, que normalmente não era uma pessoa rude. Ou era? Será que ela não tinha reparado nisso também? Della acenou para o casal e, quando o braço de Steve enlaçou mais uma vez sua cintura, ela o deixou puxá-la em direção à porta.

Eles deixaram o restaurante e ela precisou sentir por alguns segundos o ar frio da noite em seu rosto para perceber que ainda estava abraçada a Steve. Segurava-o como se o navio de sua vida tivesse emborcado. Como se ele fosse a única coisa, nas águas tempestuosas dos seus sentimentos, que podia se agarrar.

A sensação de fraqueza, um sentimento em que ela facilmente poderia se afogar, tomou conta dela e provocou outro lampejo de raiva. Outro, ainda maior que o primeiro.

Ela se afastou do restaurante. A confusão revolvia suas entranhas. A dor se agarrava ao seu coração de tal maneira que, poucos minutos antes, ela precisara se segurar em Steve para não desabar no chão. Mas agora a raiva tinha voltado. Ela se abriu para essa emoção. Uma raiva com que ela podia lidar, a que podia dar vazão. Então extravasou-a, afastando as outras emoções que a deixavam fraca e vulnerável.

Ela olhou para Steve, que parecia feliz — exatamente o oposto de como ela se sentia.

— Você me seguiu! — acusou.

O leve sorriso nos olhos dele esmoreceu.

— Eu estava obedecendo a ordens — justificou-se ele. — Disseram pra gente ficar junto o tempo todo.

— Dane-se! Não dou a mínima para ordens. E não gosto de ser seguida. — A tristeza encheu seu peito e ela reconheceu que era culpa. Culpa por...

— Então, não fuja de novo — disse ele com naturalidade, começando a andar para a parte de trás do restaurante.

Droga! Culpa por agir como uma idiota com a pessoa que tinha acabado de salvá-la.

Ela foi ao encontro dele.

— Eu não terminei de falar! — ela fervia.

95

Ele estancou o passo e se virou.

— Mas eu já parei de ouvir. Você pode ficar com raiva quanto quiser. Eu só estava tentando ajudar.

Ele recomeçou a andar.

— Eu disse que não terminei! — Ela disparou na frente dele e se interpôs em seu caminho, estendendo a mão para detê-lo. Quando sua mão encontrou o peito quente do garoto, ela se lembrou do quanto seu corpo era frio e recolheu o braço. Olhou para ele, que parecia prestes a mandá-la para o inferno, mas falou primeiro.

— Obrigada — sussurrou.

Ele abriu a boca como se quisesse dizer alguma coisa, mas nada saiu. Sem dúvida, estava chocado com o agradecimento dela. E ela sabia como ele se sentia. Della não tinha intenção de agradecer; não que ele não merecesse, ele merecia, mas...

— Uau! — Ele finalmente falou. — Acho que nunca ouvi alguém expressar gratidão num tom tão irritado e cheio de raiva!

— Isso é porque eu *estou* com raiva. Estou furiosa. Você me seguiu. Então você... você me beijou, um beijo de língua, na frente de todo mundo.

Os olhos castanhos de Steve se iluminaram com um novo sorriso. Ele se inclinou um pouco mais para perto. Seu hálito quente tocou a testa dela.

— E foi muito bom, não foi?

Ela olhou para ele e deu um passo para trás.

— Mas, se não é pelo beijo, pelo que está me agradecendo? — ele perguntou, confuso e ainda interessado.

Mais uma vez ela sentiu o mesmo que ele, a mesma confusão.

— Eu não sei! — Ela fervia. Mas, então, no mesmo instante, a resposta lhe ocorreu. Ele a salvara do olhar patético, da cara de ex-namorada com o coração partido.

— Você é mesmo uma figura, Della Tsang! — Ele estendeu a mão, como se para tirar uma mecha de cabelo do rosto dela.

Ela não sabia se isso era um elogio ou um insulto, então afastou a mão dele com um tapa, só para garantir.

Ele riu.

— Realmente não foi nada mau para um primeiro beijo, hein? Normalmente, é estranho. Mas esse beijo... não foi nada estranho. Foi ardente.

Ela pensou no beijo, no calor da sua boca, na sensação da língua. No sabor que ele tinha.

— Estou feliz que tenha gostado, porque foi o primeiro e último! — ela retrucou.

Ela se virou para começar a correr. Seus pés já não estavam inteiramente no chão quando ouviu a resposta.

— Vamos ter que rever isso.

Ela cerrou os dentes, continuou correndo em direção à cabana, e lutou contra o medo de que, se não fosse muito cuidadosa, ele poderia estar certo...

E isso seria errado.

Não seria?

* * *

As horas não poderiam ter demorado mais para passar. O lençol, a fronha e o cobertor novos e o desinfetante ajudaram, mas ela continuava acordando a cada poucos minutos. Como a cabana era na floresta, os únicos ruídos eram de alguns animais. Deveria ser um ótimo lugar para se ter uma boa noite de sono. No entanto, por ser um vampiro e, basicamente, um ser noturno, ela nunca dormia muito bem à noite.

Na noite anterior, achou que não conseguiria dormir porque a cama devia estar cheia de percevejos. Engraçado como a ideia dos percevejos não tinha se mantido depois do beijo de Steve... Então, o beijo dele a levou a pensar nos sentimentos malucos e confusos com relação a Lee.

Será que ela já tinha superado o que sentia por ele? Se de fato tinha, por que ainda doía? Mas, se ainda o amava, por que não sentia ciúmes de Mei? Em seguida, os pensamentos de Della se desviaram para a mãe, o pai e a irmã jogando Palavras Cruzadas sem ela. Por alguma razão, pensar em Lee e nos pais a ajudava a bloquear os devaneios sobre o beijo...

Ainda deitada na cama e fitando o teto manchado, Della ouviu o barulho de água correndo, o que significava que Steve estava tomando banho. Antes de ir para a cama, ela tinha borrifado desinfetante na cama e tomado uma ducha rápida.

Quando saiu do chuveiro, Steve estava sentado no sofá, olhando para a porta do banheiro. Como se esperasse vê-la saindo do banheiro vestindo algo sexy.

O pobre garoto tinha ficado decepcionado. Ou foi o que pareceu, pelo menos por uns dois segundos, até que ele baixou o olhar e então voltou a erguê-lo com um sorriso lento e sexy aparecendo nos olhos.

— Você estava certa — ele disse. — E também estava errada.

Ela gostou da parte do estar certa, mas...?

— Errada por quê?

O sorriso sedutor se manteve nos lábios enquanto ele baixava o olhar novamente até os pés descalços dela.

— Estava certa quando sugeriu que eu tinha um fetiche por pés. E errada quando disse que eu nunca veria seus pés nus.

Ela usou seus pés nus para correr para o quarto. No segundo em que bateu a porta, ele gritou que precisavam conversar sobre a missão. Ela gritou de volta, dizendo que poderiam fazer isso pela manhã. Então caiu na cama.

Mesmo cinco horas depois, ao se lembrar do jeito como ele olhara para ela — para os pés dela, pelo amor de Deus! —, sentiu um arrepio percorrê-la. Agora, quando o barulho do chuveiro enchia sua cabeça, o mesmo acontecia com as imagens. Ela o imaginou de pé sob o vapor do chuveiro. E ela tinha um desejo estranho de ver os pés dele nus. E outras coisas mais...

Ela gemeu e pressionou as palmas das mãos sobre os olhos. Por que ele não podia ser feio?!

Respirando fundo e se enchendo de determinação, ela disse a si mesma que tinha de superar aquela atração. Além disso, tinha um novo dia pela frente. Deslizando para fora da cama, escovou os cabelos e vestiu o sutiã. Sentindo-se um pouco mais no controle, foi até a sala, esperar a sua vez de entrar no banheiro. Ela precisava escovar os dentes, e eles tinham que repassar os planos para a missão. Em seguida, precisavam cumprir seu dever. Pegar alguns vampiros maus.

Ela não tinha tempo para pensar em quanto Steve era gostoso ou que o beijo dele tinha derretido suas entranhas, como manteiga numa espiga de milho fumegante. Era hora de pensar em chutar o traseiro de vampiros fora da lei, não o bumbum bonito de Steve.

Tamborilando os dedos nos joelhos, ela viu sobre o sofá a pasta com as instruções que eles tinham que rever. Ela na verdade não tinha necessidade nenhuma de revê-las. Tinha lido o conteúdo da pasta uma dúzia de vezes e decorado tudo. Como os vampiros podiam reconhecer uma mentira pelo batimento cardíaco, eles tiveram que criar uma história fictícia que, com sorte, não seria interpretada como uma mentira. Ela, Della Tsang, tinha sido transformada em vampira e enviada para uma espécie de internato. A garota não aceitara muito bem as regras da escola, então ela e o namorado Steve, um metamorfo, tinham fugido. Mas, por causa das dificuldades que enfrentavam para conseguir sangue para ela, decidiram se juntar a uma gangue.

A porta do banheiro se abriu com um rangido e Steve saiu. Ele estava... ele estava seminu... Não! Ela tinha começado a pensar novamente naquele belo traseiro. E... o olhar dela desceu. Ele estava de meias.

Por alguma estranha razão, Della se lembrou de que alguém havia lhe contado que Steve já tinha dezoito anos. Ele parecia ter dezoito anos, ser um ano mais velho que Della. Os músculos ondulavam sobre o peito e os braços. Ela sabia que ele malhava, mas a maior parte do que via parecia natural.

Por um segundo, sua respiração ficou presa na garganta. Della já tinha visto Steve nadando e sem camisa, mas vê-lo com a pele nua e recém-saído do banho fez com que ela voltasse a sentir borboletas no estômago. Trouxe de volta a lembrança do beijo e de como suas mãos quentes enlaçaram a curva da sua cintura.

Ele encontrou o olhar dela e sorriu, como se de alguma forma pudesse ler a mente dela. Sentou-se numa cadeira e vestiu uma camiseta verde-escura. *Graças a Deus.*

— Está pronta para repassar tudo? — ele perguntou.

— Preciso escovar os dentes. — *Preciso recuperar o autocontrole e tenho certeza de que vou conseguir no banheiro.* Ela se levantou num pulo e correu para o banheiro. Quando voltou, três minutos depois, já tinha extravasado toda a sua frustração com a ajuda da escova de dentes. Não havia um milímetro sequer de placa bacteriana em seus dentes brancos e brilhantes. E, enquanto não recuperava o autocontrole no vaso sanitário, passou um sermão em si mesma, obrigando-se a prometer que não agiria como uma adolescente enlouquecida pelos hormônios.

Claro que ela era uma adolescente, e provavelmente enlouquecida pelos hormônios, mas não precisa agir como tal.

Steve tinha a pasta aberta no colo quando Della entrou na sala de estar. Ela se sentou do lado oposto do sofá e ele começou a repassar as informações.

Ela não lhe disse que já sabia tudo porque talvez ele precisasse recapitular as instruções. Cinco minutos depois, ele fechou a pasta.

— Ok, a primeira coisa a lembrar é que, se eles insistirem para que eu me afaste, vou me transformar e ficar por perto. Não vou te deixar.

Della olhou para ele.

— Reconfortante, mas, se insistirem para que você se afaste, vou ficar bem. Sei me cuidar. Além do mais, eles sabem que você é um metamorfo, Steve. Não faça nada que possa pôr a operação em risco.

— Não vou fazer nada que possa colocá-la em risco. Mas não vou deixar você. — O tom do garoto era determinado, protetor. — Vou ter cuidado. Não vão perceber o que eu sou.

— Eles vão, sim. Não te ocorreu que, sabendo que você é um metamorfo, eles podem te pegar?

Ele olhou para ela por um longo segundo antes de falar.

— Então eles são mais espertos que você, né?

Ela apertou os olhos para ele.

— O que quer dizer?

— Você não sabia que eu estava lá noite passada. E me viu duas vezes.

Ela o estudou, confusa.

— Eu não...

— Eu era o cachorro de seu vizinho e também o gatinho. Se um metamorfo é cuidadoso ao escolher em que vai se transformar, ele se mistura com o ambiente e nunca levanta suspeitas. Por que você acha que somos uma das espécies sobrenaturais mais poderosas?

Primeiro, os metamorfos na verdade não eram uma das espécies sobrenaturais mais poderosas. Os vampiros, sim, e não que aquilo fosse uma competição. Então, de repente, ela sentiu o peito apertado e o rosto ardendo ao se lembrar da sua curta interação com o cachorro do vizinho. Ela não tinha dito algo sobre ele não cheirar suas partes íntimas?

— Não faça mais isso comigo. — Ela se levantou, foi até a porta e olhou para trás, por cima do ombro. — Está na hora de irmos.

* * *

Della e Steve chegaram ao local designado do parque estadual, cinco minutos depois. A clareira, isolada de qualquer estrada ou vida humana, era rodeada de árvores. Um lugar onde qualquer coisa podia acontecer e não haveria testemunhas. Della esquadrinhou a área, vendo apenas pinheiros altos misturados com alguns carvalhos e toneladas de vegetação rasteira espinhenta.

Não gostou nada.

À primeira vista, alguém poderia pensar que se tratasse de uma área abandonada. Apenas algumas estrelas iluminavam o céu noturno. Mas um bom faro poderia descobrir a verdade. Eles estavam ali.

Escondidos.

Esperando.

Mas para quê?

Para atacar?

E embora seu nariz não pudesse contar, ela sentia que havia mais de três.

Será que a gangue, de algum modo, sabia que Della e Steve estavam ajudando a UPF? Ou era assim que a gangue recepcionava todos os novos membros em potencial?

A sensação de perigo arrepiava a sua pele. Por mais emocionante que fosse, o medo oprimia seu peito. Ela se lembrou das imagens daqueles que tinham morrido nas mãos de supostas gangues de vampiros. Uma mãe e uma criança. Uma senhora idosa. Se essa fosse a gangue que defendia o assassinato como rito de iniciação, que tirava vidas inocentes, eles precisavam ser detidos e o risco valeria a pena. Claro, Burnett não acreditava que essa fosse a gangue, mas ele tinha dúvida, ou não teria enviado os dois nessa missão.

— Eles estão aqui! — Steve sussurrou.

— Eu sei — confirmou Della.

Um farfalhar na vegetação se fez ouvir à direita e depois à esquerda. E, em seguida, atrás deles. Della avistou outro vampiro saindo de entre as árvores à direita e caminhando na direção deles.

Ah, que maravilha...

Eles estavam cercados.

Capítulo Quatro

— $\mathcal{M}$as que recepção mais calorosa! — disse Della, recusando-se a reconhecer seu medo.

— Ela é bem atrevidinha... — comentou alguém às suas costas.

— Nada que uma boa surra não possa corrigir — respondeu o vampiro que caminhava em direção a ela, enquanto a olhava de cima a baixo.

— Acho melhor nem tentar — avisou Della.

— Também acho — Steve acrescentou, a voz grave num tom de advertência.

O vampiro apertou o olhar para verificar os padrões dos dois.

— Então você trouxe seu animalzinho de estimação com você, hein?

Della ouviu Steve respirar fundo, então estendeu a mão e tocou o braço dele. Certamente ele sabia que devia deixá-la cuidar daquilo.

— Ele não é meu animalzinho de estimação — resmungou, mais ofendida por ele do que ela percebeu.

— Ah, entendo — disse o líder com um brilho de malícia nos olhos. — Então você está dormindo com esse palhaço?

— Temos trocado fluidos corporais, se é isso que está querendo saber — ela respondeu, confiante e, de repente, satisfeita por terem "trocado saliva" na noite anterior, durante o beijo ardente.

O vampiro sorriu.

— Gosto da sua coragem. Talvez eu e você possamos trocar alguns fluidos corporais.

Steve ficou tenso ao lado dela.

— Eu não contaria com isso — disse ele.

— E eu também não — confirmou Della.

O vampiro franziu a testa como se estivesse desapontado ao ver que não tinha conseguido intimidá-los.

— Você sabe que primeiro vai ter que provar seu valor. Se for aceita, então o seu metamorfo aí vai ter que provar o dele, e mesmo assim só será considerado um extra. Extras... não duram muito.

A insinuação do vampiro deixou os nervos de Della à flor da pele, mas ela tinha que se concentrar no mais importante. O comentário sobre "provar seu valor".

Será que seria fácil? Será que, naquele dia, eles só iriam contar o que teriam que fazer para entrar na gangue e depois poderiam ir embora? Uma pequena parte dela esperava que não fosse tão simples. Ela já sentia antipatia por aquele vampiro e não se importaria em lhe dar uma lição.

— Exatamente como provamos nosso valor?

— Você sabe lutar?

Pode apostar que sim.

— Eu me garanto — disse Della.

O olhar do vampiro se desviou para Steve.

— Parece que o garoto metamorfo aí gosta de uma briga — disse ele, referindo-se, evidentemente, ao olho roxo de Steve.

— Posso me garantir, também — disse Steve.

— Quão forte você é, metamorfo? — O vampiro estudou Steve como se o avaliasse.

— O suficiente — respondeu Steve.

O outro riu.

— Então, por que mantém a forma humana quando luta? Você, obviamente, não é tão forte quanto pensa.

— Não deixe uma pequena contusão enganá-lo — disse Steve, apoiando os pés nos calcanhares por um instante.

Della ouviu a confiança na voz de Steve e, embora ela tivesse comprovado sua capacidade de se transformar rapidamente, na verdade não sabia calcular a força do metamorfo. Mas de algum modo sentia que, como ela, Steve estava escondendo o jogo. Não se deixava intimidar, nem deixava que soubessem exatamente o que esperar dele, se optassem por uma luta.

O vampiro riu como se não acreditasse em Steve.

— Bem, sigam-nos. Já temos um esqueminha montado e vamos ver se vocês dois se saem bem.

— Que tipo de esquema — perguntou Della, olhando ao redor, observando todos os vampiros em volta deles.

— Um pouco de combate corpo a corpo. Se se der bem, vamos pensar no seu animalzinho de estimação. Topa?

— Agora? — perguntou Della, lembrando muito bem de Burnett advertindo-os para não deixar que a gangue os atraísse para outro lugar. Os vampiros já tinham provado que não cumpriam sua palavra, porque haviam garantido que apenas três dos membros da gangue iriam conhecê--los para uma entrevista sem confrontos.

— Agora — disse o ladino, puxando uma faca de um coldre e limpando a lâmina no jeans sujo. Os caras à esquerda e à direita puxaram facas também.

Della ouviu um rosnado baixo e, embora não soubesse que metamorfos rosnavam, sabia que tinha sido Steve.

Ela também sabia que recusar o convite para o combate não era uma opção. Ou ela concordava em ir com eles ou teria que enfrentar a gangue armada de facas naquele mesmo instante.

— Vamos lá, então — concordou Della, esperançosa de que o que quer que os esperasse lhes desse uma oportunidade melhor de fuga.

Steve olhou para ela e em seu olhar estava escrito o que se passava em sua mente. *Não estou gostando nem um pouco disso.*

Bem, nem ela, mas não via outra escolha. Tinha feito uma contagem rápida e descobriu que eles estavam em doze. Ela provavelmente poderia dar conta de cinco ou seis, mas não de doze. Não armados de facas.

* * *

Eles foram levados a um velho armazém abandonado. Steve transformou-se num corvo preto e voava devagar. Os bandidos resmungavam palavrões, contrariados porque tinham que diminuir o ritmo para que ele os acompanhasse.

Della não pôde deixar de se perguntar se a escolha de Steve não tinha sido intencional. Será que se transformar num pássaro mais rápido exigiria mais dele? E será que ele estava tentando poupar energia? Ou sua capacidade de se transformar em certos tipos de animal era um sinal de poder, e ele estava evitando revelar todas as suas habilidades para os bandidos? Ocorreu a Della que, se fosse de fato trabalhar para a UPF, ela precisaria saber mais sobre todas as espécies.

Teria sido útil saber exatamente o que Steve estava planejando.

Quando chegaram, ela também observou que Steve levou vários minutos para se transformar. Ele foi muito mais lento do que antes. Foi aí que ela teve certeza de que ele estava escondendo o seu poder da gangue.

Um dos vampiros se aproximou e disse algo sobre torcer o pescoço do corvo. Della ficou entre ele e Steve.

Com Steve agora na forma humana, eles entraram num prédio escuro. Della podia sentir o cheiro de sangue velho e suor de vampiro. Embora não conseguisse ver um palmo na frente do nariz, ela podia sentir o cheiro de uma multidão sedenta de sangue. Não eram mais doze vampiros para enfrentar, mas mais de cinquenta. Seu peito apertou com medo e o pensamento de que talvez devesse tentar voltar para o parque.

As luzes de repente brilharam e a multidão que se escondia nas sombras apareceu. No meio da sala havia um ringue de boxe. Steve olhou para ela, a preocupação estampada no olhar.

A multidão bateu palmas e Della olhou em volta. Uma garota foi empurrada para o ringue. Ela parecia assustada, mas também determinada. Della apertou os olhos e viu que ela era meio lobisomem, meio vampiro, sendo a primeira sua espécie dominante. Ela era, obviamente, um extra. E pela sua postura, Della também achava que ela era uma voluntária.

— E eu pensando que só iríamos matar um humano ou dois... — disse Della, rezando para sua voz não tremer.

— Ah, vamos fazer isso também. Mas podemos mudar isso, para deixar tudo mais interessante.

Bingo, pensou ela. Eles poderiam ir embora imediatamente. Mas, infelizmente, ela não imaginava isso acontecendo.

A garota se virou e olhou para Della com algo semelhante a ódio no olhar. Della sabia que era com ela que deveria lutar.

O cheiro de sangue seco no ar advertiu Della dos extremos a que a luta poderia levar.

Ela olhou para o líder dos vampiros, que viera ao encontro deles.

— É difícil lutar com uma pessoa quando não se tem nada contra ela.

— Quando ela der o primeiro soco, você vai ter. Ela não é tão fraca quanto parece. Mais ou menos como você, aposto. — Ele tirou a faca novamente. — Vai lutar contra ela, senhorita Sass, e vamos ver se você é boa mesmo.

Della engoliu um nó de medo, mas se forçou a perguntar.

— Onde é que isso acaba?

— Como assim? — ele perguntou, mas seu sorriso dizia que sabia exatamente o que ela queria dizer.

— Eu a derroto e fim de papo, certo? — Ela ficou esperando a resposta.

Os olhos dele brilharam com maldade pura e simples.

— Que graça teria isso? — Ele trouxe a faca mais para perto e olhou a lâmina. — A luta termina quando uma de vocês parar de respirar e se tornar um doador de sangue de muita boa vontade... É aí que acaba. Então a questão é: será que vamos beber o seu sangue ao nascer do sol? Ou será o dela?

— Hmm — murmurou Della, fazendo o máximo para que o horror não transparecesse em seu rosto. Ela olhou para Steve. Ele desviou os olhos para o teto. Ela não sabia que diabo de mensagem era aquela, mas esperava que aquilo significasse que ele tinha um plano. Porque, que Deus a ajudasse, ela não conseguia pensar em nada no momento. E ela estava prestes a matar alguém ou a ser morta.

Capítulo Cinco

Della entrou no ringue pensando que ouviria um sino anunciando o início da luta ou que, a essa altura, já teria encontrado uma maneira de sair daquela encrenca, mas estava enganada — nos dois casos. Antes que tivesse chance de tomar fôlego, a menina atacou.

Della ainda não tinha a menor ideia do que fazer. Mas quando tomou um soco no rosto e viu que doeu como o inferno, ela decidiu que deixar a garota dar uma surra nela não era um bom plano.

Della abaixou quando a adversária desferiu o segundo soco. A multidão vaiou.

A loba veio para cima dela de novo e Della agarrou a menina pelo braço e sem cerimônia jogou-a para fora do ringue. A garota aterrissou no chão duro com toda a força, mas se levantou em segundos. Enquanto dançava ao redor dela, dando socos como uma rainha do boxe, Della localizou Steve brevemente no meio da multidão.

Ele olhou bem para ela e depois desviou os olhos para cima novamente.

O segundo em que perdeu o foco custou caro a Della, pois a loba atacou novamente, dessa vez chutando-a nas costelas. O ar foi expulso dos seus pulmões e a dor a fez cambalear para trás. Foi quando seu olhar captou uma pequena abertura no teto, onde antes deveria haver um respiradouro.

Ok, agora ela sabia qual era o plano de Steve, mas será que ele não tinha se dado conta de que os outros vampiros também podiam voar?

Outro pé chutou Della no rosto. Ela agarrou a perna da garota pelo tornozelo e a atirou outra vez para fora do ringue. Uivos e gritos pedindo sangue ecoaram na multidão. A garota caiu no meio de um grupo de vampiros, mas devia ser feita de borracha, porque logo se recuperou e investiu novamente.

Ela saltou para o ringue. Seus olhos brilhavam na cor laranja típica de um lobisomem furioso. Deu um chute, Della avançou para bloqueá-lo. Um grande erro, porque ela não viu o que a cadela tinha nas mãos até que fosse tarde demais.

A faca voou na direção do coração de Della. Sua única defesa foi bloqueá-la com o braço. A lâmina cortou seu antebraço, e o corte doeu como uma queimadura, quente e frio ao mesmo tempo. O cheiro de sangue encheu seu nariz.

Seu próprio sangue.

Ela ouviu os gritos famintos da plateia.

A garota deu um passo atrás, mas apenas para atacar novamente. A faca tinha como alvo o lado direito do peito de Della. Um rugido, não da multidão, mas de um felino exótico chegou aos ouvidos de Della.

Fúria, uma raiva vermelho-vivo, encheu o coração de Della, ao mesmo tempo que a faca afundou em seu peito, logo abaixo da clavícula. Surpreendentemente, ela sentiu mais raiva do que dor. Agarrando a menina pelos ombros, atirou-a longe. A queda pareceu acontecer em câmera lenta. Ela também sentiu em câmera lenta, quando a faca foi arrancada do seu peito. Segurou a respiração ao sentir a dor, viu quando a garota voou para longe, a faca ainda em suas mãos pingando sangue da ponta da lâmina.

Então Della viu o leão gigantesco, também conhecido como Steve, correndo para o ringue e investindo contra qualquer um que ousasse atravessar o seu caminho. É isso aí, Steve! Ela apontou para cima e, então, com todas as suas forças, deu um salto no ar, mal conseguindo sair pela estreita abertura. E logo atrás dela, quase a empurrando pelo buraco, havia um falcão-peregrino.

Ela continuou a subir, sabendo que os vampiros, pelo menos os que conseguissem passar pela abertura estreita, iriam atrás deles. Ignorou a sensação de queimação no ombro. De repente, consciente de que não ouvia mais o bater de asas do pássaro, olhou para trás. Steve tinha voltado ao telhado, se transformado em dragão e começado a cuspir fogo no respiradouro do antigo edifício. Droga, mas o cara até como dragão tinha boa aparência!

Obviamente, o edifício tinha algum tipo de isolamento que não era resistente a fogo, porque a fumaça começou a ondular para fora do telhado quase que imediatamente.

Em segundos, centelhas começaram a surgir em torno do dragão e Steve voltou a ser um falcão-peregrino. Eles voaram para longe o mais rápido possível. Della não parava de olhar para trás, rezando para que os bandidos não os perseguissem. Felizmente, só via a escuridão atrás deles.

De repente, Steve começou a descer.

— Não! — ela gritou para ele. — Precisamos continuar. Eles virão atrás de nós!

Ele não ouviu; continuou descendo e pousou num beco escuro muito parecido com o da noite anterior. Uma cerca de madeira de dois metros de altura impedia a passagem, como uma barreira para evitar invasores. Latas de lixo transbordantes, exalando o odor de frutas estragadas, pareciam segurar a cerca de tábuas apodrecidas. No momento em que ela tocou o chão, Steve já era humano.

— Merda! — disse ele, agarrando o braço dela. O cheiro doce do sangue de Della se sobrepunha ao fedor de lixo e enchia os seus sentidos.

— Sabe... — disse ela, encolhendo-se por causa da dor, que sentia tanto no braço quanto na parte superior do tórax —, você se saiu muito bem.

— Você não vai morrer! — Ele fervia.

— Quem falou em morrer? — Com dificuldade para se concentrar, ela piscou algumas vezes.

— Você acabou de me elogiar! — disse ele num rosnado baixo. — Isso só pode significar que o ferimento é grave.

Ela sorriu, mas não conseguiu manter o sorriso por muito tempo.

— Não estou tão ruim assim, estou?

— Não, você não está tão ruim assim. É só teimosa... — Ele encontrou o olhar de Della — e perfeita... — ele disse, mas a voz dele soou distante. — Preciso levá-la a um hospital.

— Não! — ela disse, sentindo os joelhos enfraquecerem. — É só tomar sangue e vou me curar. Nenhum órgão vital foi afetado, senão eu já estaria morta. Só me arranje sangue, Steve. Isso é tudo de que eu preciso. Vampiros se curam muito rápido.

Ele franziu a testa e puxou o telefone do bolso.

— Não se atreva a ligar para Burnett — ela fervia, mas os joelhos dobraram e ela desabou no chão. — Por favor — implorou, sentindo lágrimas encherem seus olhos. — Eu quero impressioná-lo. Não posso desapontá-lo. — Ela piscou para evitar as lágrimas e viu Steve olhando para ela com compaixão.

O alívio vibrou dentro dela quando o viu colocar o celular de volta no bolso.

— Obrigada — disse. — Obrigada — repetiu, mas ela mal tinha conseguido pronunciar a última sílaba quando sentiu um cheiro repugnante que recendia à carne podre. Eles tinham companhia. E não eram os vampiros desonestos.

Lobisomens.

Ah, merda! Ela realmente não queria morrer hoje.

Levantou-se e viu que todo o seu corpo tremia. E torceu para que parecesse muito mais ameaçadora do que se sentia. Eram três lobisomens, corpulentos e com cara de mau. Cabelos tão sujos que não se conseguia distinguir a cor, e roupas que pareciam tão imundas quanto.

Eles, evidentemente, tinham sentido o cheiro do sangue de Della e estavam à procura de algo para comer.

— Deem o fora daqui! — Steve rosnou para eles. — Ou vou matar vocês. — Centelhas começaram a aparecer à volta dele. Um rugido encheu o beco escuro. O leão tinha voltado, só que dessa vez ainda maior, quase do tamanho de uma van.

Dois dos lobisomens retrocederam, mas, obviamente, o mais burro deles começou a correr na direção de Steve, com os caninos à mostra e os olhos cor de laranja abrasadores. Steve levantou uma pata e golpeou o lobisomem, atirando-o do outro lado do beco. Ele bateu no muro com um baque forte. Os dois lobisomens mais espertos correram mais rápido que o diabo foge da cruz.

Demorou um segundo para Della perceber que não tinha feito nada. Não tinha sequer rosnado para os intrusos na tentativa de ajudar Steve a afugentá-los. Mas como poderia, se tinha usado todas as suas forças para ficar de pé?

Ao som dos passos desaparecendo pelo beco, ela viu o leão correndo para ela. Mas o que não entendia era por que tudo estava girando. *O mundo gira depressa, ailili ailili ailou...* Ela repetiu a canção em sua cabeça enquanto uma sensação de leveza a envolvia. Justamente quando estava prestes a se acostumar com a sensação de leveza na cabeça, pontos negros começaram a aparecer diante dos seus olhos, como fogos de artifício.

A última coisa de que se lembrava era de estar caindo sobre o gigantesco animal e de pensar que, mesmo como um leão, Steve tinha um cheirinho de sabonete masculino.

* * *

Della sentiu alguém levantar sua cabeça.

Então ouviu uma voz masculina com um sotaque sulista tão sexy quanto profundo.

— Você quer acordar e beber isso ou vou ter que ligar para Burnett. Você está me ouvindo? Acorde, querida.

Querida? Della ergueu as pálpebras e olhou para o garoto de olhos castanhos suaves e cabelos escuros sentado ao lado dela na cama imensa. Ele tinha uma mão atrás da cabeça dela e a outra levava um copo até a sua boca. Levou um segundo para ela perceber quem era. Demorou mais um para se lembrar de tudo.

A missão.

Os vampiros.

Os lobisomens.

O beijo de Steve.

Ah, sim, ela se lembrou do beijo de Steve.

— Graças a Deus! — ele murmurou ao vê-la olhando para ele. — Consegue beber? — Ele apertou o copo contra os lábios dela. — Só dois golinhos.

O cheiro doce de sangue encheu seu nariz e ela abriu a boca e tomou um gole. Tinha um gosto tão bom que tomou outro em seguida.

Steve baixou a cabeça dela sobre o travesseiro, tão macio que praticamente engoliu sua cabeça. Ela olhou para o sorriso dele.

— Eu acho que você precisa beber mais, mas vamos te dar alguns minutos — disse ele.

O toque sedoso dos lençóis contra suas costas nuas e o travesseiro macio em torno da cabeça significavam duas coisas. Primeiro, que eles não tinham voltado à cabana, e segundo, que ela estava praticamente nua.

Ela olhou ao redor e viu o que parecia o quarto de um hotel de luxo. Então estendeu a mão para o lençol que cobria o peito e o ergueu alguns centímetros para verificar se estava vestida.

Ah, Deus! Estava nua! Bem, praticamente nua. Ainda estava com a calcinha de seda vermelha. E um curativo sobre a ferida.

Ela deixou cair o lençol sobre o peito e franziu a testa para ele.

— Onde estão as minhas roupas?

— Eu joguei na banheira e enxaguei para o caso de haver lobisomens ou vampiros por perto. Não quero que sintam seu cheiro.

Como ela podia contestar isso? Não podia. Bem, podia contestar, pois nem todo argumento tinha lógica, mas precisava admitir, ela estava cansada demais para contestar um argumento lógico, quanto mais um sem lógica.

— Pronta para tomar mais um pouco de sangue? — Ele ergueu o copo.

Ela queria dizer não, mas sabia que o sangue era a única coisa que poderia revitalizá-la. Quando se apoiou no cotovelo, ou pelo menos tentou, escorregou de volta no travesseiro. Olhou nos olhos suaves que a fitavam e se sentiu... nua, fraca e vulnerável. Esse não era o seu melhor dia.

Ele estendeu a mão e ajudou-a a se sentar. Ela sentiu o lençol deslizando para baixo e quase não conseguiu segurá-lo antes que expusesse seus seios. Ele segurou o copo contra os lábios dela e ela bebeu.

Quando ele afastou o copo, sorriu para ela de novo, com toda a doçura. Ele não estava olhando como se ela estivesse nua sob o lençol, como a maioria dos garotos faria. Estava sorrindo para ela como... como se fosse alguém com quem ele se preocupasse.

Definitivamente não era o seu dia.

Della não queria que Steve começasse a se importar com ela. Porque então ela poderia começar a se preocupar com ele. Isso era perigoso.

Fechando os olhos, ela se inclinou para trás e em poucos minutos sentiu o sono dominá-la.

Capítulo Seis

Della sentiu cócegas na testa e passou a mão ali para afastar a sensação. Então, as cócegas passaram para as costas da sua mão.

Seus olhos se abriram com um sobressalto. As cócegas eram a respiração de alguém, suave e regular.

E esse alguém era Steve.

Steve, dormindo na cama com ela. Steve, ao seu lado, dividindo o mesmo travesseiro.

Steve, nem mesmo um pouquinho feio, com longos cílios escuros nas pálpebras fechadas. Os cabelos castanho-escuros espalhados na testa.

Adormecido, ele parecia mais jovem, a não ser pela sombra de barba. Ela tentou se lembrar se ela tinha sentido os pelos ásperos quando ele a beijara na noite anterior no restaurante. Não conseguiu. Mas ela queria correr os dedos pelo queixo dele agora.

Seu olhar se desviou para o próprio peito, com seios pequenos. O lençol tinha escorregado e estava amarfanhado em torno da cintura.

Franzindo a testa, ela pegou o lençol e se perguntou se Steve tinha tirado proveito da vista privilegiada antes de adormecer. Claro que tinha, concluiu. Ele é quem tinha tirado seu sutiã e brincado de médico, antes de fazer o curativo. Um pensamento deprimente a atingiu. E se ele tivesse se decepcionado porque ela não tinha seios maiores?

Ela olhou para os dois pequenos montes que agora empurravam o lençol, com um pouco de esperança de que estivessem um pouco maiores. Nos últimos meses, ela tinha começado de fato a usar sutiã número 40. Não que tivesse esperança de chegar ao 44, como Miranda e Kylie. Mas um 42 seria bom.

Ela olhou para seu lado esquerdo e baixou o lençol um pouco para ver o curativo. Não parecia um trabalho amador. Ao mexer o ombro, percebeu que devia estar curado, porque não sentiu nenhuma dor. Então olhou para o braço onde estava o outro curativo.

Ela lembrava vagamente de Steve acordando-a e fazendo-a beber sangue duas ou três vezes. Também se lembrou de ouvi-lo dizer que a mãe era médica. Será que ele estava pensando em ser médico também? Deveria. O garoto tinha jeito pra coisa.

Estendendo a mão, ela tirou o curativo um pouco abaixo do ombro para ver o ferimento. O corte ainda era visível, mas estava quase cicatrizado.

— Parece bom — disse uma voz profunda e sonolenta ao lado dela.

Ela desviou os olhos para o garoto que dividia o colchão com ela e o encarou.

— Saia da minha cama.

Ele sorriu.

— Tecnicamente, é a minha cama. Eu aluguei o quarto.

Ela franziu o cenho.

— É muito cedo para tanta lógica!

Ele riu.

— Na verdade, também não é cedo.

Ela se sentou um pouco, segurando o lençol contra o peito, e se lembrou vagamente de que não tinha conseguido se sentar antes.

— Que horas são?

Ele se virou e olhou para o relógio na mesinha de cabeceira.

— Seis.

— É cedo — disse ela.

— Seis da tarde. — Ele passou a mão pelo cabelo despenteado pelo sono e pareceu adorável ao fazer isso.

— Espere aí. São seis horas da tarde? Merda! — Ela se sentou com as costas retas. — Eu dormi o dia inteiro? Burnett provavelmente está surtando. Já era para eu estar chegando em Shadow Falls.

— Eu já o avisei.

Ela franziu a testa.

— Você contou que eu me machuquei!

— Não, bem, sim, mas minimizei muito a situação. Tive que contar a ele que você foi obrigada a lutar, porque o incêndio no armazém e os relatos de leões gigantes na cidade acabaram virando notícia.

Ela se lembrou de que ele tinha se transformado em leão tanto no armazém, com os vampiros da gangue, quanto para afugentar os lobisomens.

— Você foi visto?

— Só por um bêbado no beco, por isso não é tão ruim.

— Desculpe — disse ela, lembrando-se de que ele levava a sério a regra de não se transformar em lugares públicos. E ainda assim ele se transformou porque... porque ela não pôde protegê-los.

— Tudo bem. — O olhar dele se suavizou de novo, como se ele se importasse com ela ou algo assim. — Nós saímos vivos. E cumprimos a nossa missão. Agora, a UPF pode entrar em cena e prender uns caras da gangue.

Ela assentiu com a cabeça.

— Estou surpresa que Burnett não tenha telefonado a cada quinze minutos.

— Acho que ele teria feito isso, se não estivesse resolvendo outro problema.

— O quê? — perguntou Della.

— Parece que Helen foi atacada.

— Helen? A nossa Helen? — Helen era uma tímida meia *fae* a que Della não podia acreditar que alguém faria mal. — Ela está bem? Quem fez isso?

— Burnett esteve no hospital com ela. Ele disse que ela está bem. Perguntei quem a atacou, e ele disse que não sabia. Mas você conhece Burnett, ele vai caçar os culpados e, quando encontrar, vai fazê-los em pedacinhos.

— É, e eu gostaria de ajudá-lo nessa tarefa. Graças a Deus ela está bem. — O estômago de Della resmungou, roncando alto e deixando-a constrangida.

Steve riu.

— Acho que você está com fome. — Ele saltou da cama. — Eu vou buscar pra você.

Ela se reclinou na cabeceira da cama e segurou o lençol sobre o peito. Então observou-o ir até o frigobar e retirar dali uma bolsa plástica com sangue. Mas não era o mesmo sangue que ela tinha trazido com ela na viagem. Esse sangue ela tinha deixado na cabana.

Perguntas pipocaram na cabeça dela.

— Esse não é o meu sangue. Onde é que você...

— Minha mãe trabalhou num hospital desta cidade por algumas semanas, quando nos mudamos do Alabama. Há um banco de sangue à direita, nesta rua, é por isso que escolhi este hotel.

As palavras de Steve ficaram dando voltas na cabeça dela.

— Você roubou sangue de um banco de sangue? —
Ela balançou a cabeça. — Você nunca deveria ter feito
isso!

— Não! Bem, não tecnicamente. — Ele foi até a cama
e lhe entregou um copo.

Ela pegou o copo e olhou para ele. O aroma maravi-
lhoso encheu seu nariz.

— É O negativo? — ela perguntou, lembrando o gosto
bom que ele tinha quando ela estava quase inconsciente.

— Só o melhor pra você. — Ele lhe lançou um sorriso
torto.

— Acho que você não pode devolvê-lo, não é? E se
tentasse, eu poderia ter que te matar. — Ela tomou um
grande gole.

Ele sorriu.

— Beba. Aliás, ele não foi exatamente roubado.

Ela olhou para Steve ainda com os lábios no copo. Ele
continuou parado ali só olhando para ela.

— O que quer dizer com isso?

— Entrei para doar um litro e acabei saindo com ele.

Ela lambeu a última gota de sangue dos lábios.

— Você é O negativo? — Não era à toa que ele sempre
tinha um cheiro tão bom.

Ele confirmou com a cabeça. Com seu sorriso agora se
espalhando para os olhos, ele disse:

— De nada.

— Eu não disse obrigada.

— Sim, mas vi nos seus olhos quanto você gostou.

Ela franziu a testa, esperando disfarçar sua satisfação. Então sentou-se um pouco mais ereta, esvaziou o copo e colocou-o sobre a mesinha de cabeceira.

— Onde estão as minhas roupas?

— No banheiro. Devem estar quase secas. Lavei-as muito bem. Mas antes que você se vista, preciso colocar mais pomada nos cortes. Uma última vez.

— Acho que já estou bem.

— Você está bem, sim — disse ele e sorriu —, mas o corte ainda precisa de mais uma aplicação de pomada. — Ele foi até o armário e pegou um tubo de alguma coisa, juntamente com outros materiais.

Sentou-se na beirada do colchão, colocou os materiais na mesa de cabeceira e cuidadosamente removeu a atadura do braço dela. Ele esguichou um pouco de remédio num cotonete e limpou o corte. Ela examinou o corte em seu braço e, como o outro, no peito, parecia quase curado.

Então ele estendeu a mão e baixou o lençol. Não o suficiente para ver alguma coisa, mas para sugerir os seios um pouco abaixo e ter acesso ao ferimento. Delicadamente, ele tirou o curativo e espalhou a pomada sobre o corte.

Quando ela olhou para Steve através dos cílios, ele estava olhando para ela.

— Você é linda, por sinal.

Sentiu o rosto esquentar. Ok, agora ele estava olhando para ela como um garoto comum, pensando que ela estava nua sob o lençol. No entanto, em vez de repeli-lo, ela ficou... Ficou aliviada de saber que ele não a achara pouco atraente. E ele, obviamente, a vira quase toda nua.

— Se contar a alguém que me viu sem roupa, você vai se ver comigo.

Ele jogou o cotonete na mesinha de cabeceira e, em seguida, estendeu a mão e levantou o queixo dela com o dedo indicador.

— Eu nunca diria a ninguém. — A voz dele saiu um pouco mais grave, e ele parecia completamente sincero.

Steve passou o dedo sobre os lábios dela.

— Você não vai me beijar — disse ela.

— Isso veremos — disse ele e, então, fez exatamente isso. Ele a beijou.

* * *

Como ele começou com um simples beijo e terminou com o corpo estendido ao lado dela, sem camisa e com o lençol amarrotado aos pés da cama, era um completo mistério. Um delicioso mistério.

Sua boca se moveu dos lábios para o pescoço de Della e, então, mais abaixo. Ela gemeu, totalmente absorta em sentir como aquilo era bom. Mas, quando a mão dele deslizou de maneira suave e sedutora até mais abaixo da cintura dela, ela o deteve e engoliu uma grande dose de realidade.

— Sinto muito — ela murmurou e se sentou. — Eu não posso... Não podemos.

Ela o ouviu suspirar e sabia que ele estava cheio de desejo e vontade, assim como ela. Mas supostamente era ainda pior para um cara. Sempre tinha sido difícil para Lee antes... antes de ela deixar que ele fosse adiante.

O pensamento em Lee deixou sua respiração presa na garganta.

Lágrimas encheram seus olhos e ela só conseguia pensar que eles já tinham passado por isso antes. Ela tinha se entregado a Lee e olha só aonde aquilo a tinha levado.

— Vá tomar um banho frio. — Ela lhe deu as costas e puxou o lençol para se cobrir.

Ele respirou fundo várias vezes e, depois de alguns segundos, disse:

— Eu não tinha intenção... Só ia te beijar. Droga! — A voz dele estava cheia de aversão por si mesmo. — Eu nunca quis tirar proveito do fato de você...

— Você não tirou. — Ela fechou os olhos. — Não tirou proveito. Eu também estava a fim. Mas... não devemos... ir até o fim.

— É cedo demais? — ele perguntou.

— É tudo demais — ela respondeu. *É bom demais. Real demais. Parecido demais com algo realmente especial. É demais para ter que lidar com a perda mais tarde.* — Se você não vai tomar banho, eu vou. Precisamos voltar para Shadow Falls.

Ela odiava a raiva em seu tom de voz e esperava que Steve entendesse que não era por causa dele. Era por causa dela. Ela simplesmente não podia seguir por esse caminho novamente.

* * *

Enquanto Della estava no chuveiro, um telefone tocou e ela ouviu Steve dizendo a Burnett que estariam de volta em algumas horas. Ele tomou banho depois dela e, trinta minutos mais tarde, eles entraram num elevador do hotel, onde ela não tinha nenhuma lembrança de ter entrado antes.

Será que ele a carregara no colo? Odiava não se lembrar de coisa alguma. Odiava saber que tinha ficado tão vulnerável.

Assim que chegaram no lobby lotado, ele a levou ao restaurante do hotel.

Uma queixa quase escapou de seus lábios, mas Della se lembrou de que ela já tinha se alimentado e ele não.

Então ficou calada e seguiu a recepcionista depois de Steve pedir uma mesa para dois.

Ele pediu um bife com uma *baked potato* e um copo de chá gelado. Ela pediu uma sopa de cebola, a única coisa de que poderia realmente gostar, e uma Coca-Cola Diet.

Quando a garçonete se afastou com o pedido, Steve olhou para Della, ainda com um pedido de desculpas nos olhos. Sim, ele se sentia culpado por deixar que as coisas ficassem fora de controle. Mas ela não colocava toda a culpa nele. Ela poderia ter parado. Deveria ter parado.

— Como está o ombro? — ele quis saber.

Della estendeu a mão e tocou o lugar onde tinha sido esfaqueada.

— Completamente curado — disse ela. Então se lembrou de algo que ele tinha mencionado antes.

— Você aprendeu a fazer curativos com a sua mãe?

Ele confirmou com a cabeça.

— Às vezes ela fazia trabalho voluntário em ambulatórios para pessoas de baixa renda. Eu costumava ir com ela nos fins de semana. Algumas coisas aprendo rápido.

Della suspeitava que ele aprendia qualquer coisa rápido. Ela não tinha percebido a princípio, mas a inteligência era evidente naqueles grandes olhos castanhos.

— E você não quer ser médico?

— Não disse que não quero.

— Mas você disse... Quer dizer, eu tive a impressão, quando você falou dos seus pais, que você não queria fazer o que eles queriam que fizesse.

— Ela quer que eu seja médico de seres humanos, porque é o que dá dinheiro. Eu quero estudar para tratar seres sobrenaturais. É nesse campo que as minhas habilidades serão mais úteis.

Ela assentiu com a cabeça.

— Entendi. — A garçonete deixou as bebidas. Della girou o canudo no copo e observou as bolhas subindo até a borda. — Meus pais queriam que eu fosse médica também.

— E você não quer?

— Claro que não. Quero trabalhar numa área ligada à justiça criminal.

— Advogada?

— Não. Não quero defender a lei. Eu quero aplicá-la. Antes de ser transformada, eu estava pensando no FBI ou na CIA. Agora estou pensando na UPF. É por isso que eu não queria que Burnett soubesse que estraguei tudo.

Ele balançou a cabeça.

— Você não estragou tudo.

— Deixei que me esfaqueassem. Essa é uma grande mancada. — Ela jogou o canudo no copo.

— Tivemos que lutar contra toda uma gangue de marginais. O fato de sairmos de lá vivos é um verdadeiro milagre.

Ela girou o canudo no copo outra vez.

— Mas foi você quem nos salvou. Foi você quem teve um plano e depois afugentou os lobisomens.

— Sim, mas você estava um pouco ocupada tentando não deixar que a loba vampira acabasse com você no ringue. E, quando os lobisomens apareceram, você já tinha sido esfaqueada e sangrava muito, mas ainda assim se levantou.

— Não fiz nada quando eles vieram — ela murmurou, envergonhada.

— Você se levantou e os enfrentou, deixando bem claro que não estava disposta a ser jantar de ninguém.

Ele olhou para o próprio copo por um segundo.

— Para ser sincero, eu estava totalmente impressionado com você. O tempo todo, eu estava pirando lá dentro. Meus joelhos tremiam e você era a calma em pessoa. Eu continuei olhando para você e me perguntando se você ia conseguir, se eu conseguiria, sair dali.

Ela soltou um suspiro profundo.

— Eu não estava calma. Estava apavorada, também.

Ele sorriu.

— Bem, é por isso que você é tão boa nisso, Della. Você não parecia assustada. Nem um pouco. Você é talhada para isso. Eu pessoalmente não gosto da ideia de você se colocando em perigo, mas nunca pense que estragou tudo. Você arrebentou naquele ringue.

Senti o elogio como se fosse um grande abraço. E, como Kylie e Miranda sempre diziam, ela não era muito de abraçar ninguém.

Olhando para sua bebida de novo, uma constatação a atingiu. Antes ela costumava gostar de abraços, mas agora, quando alguém colocava os braços quentes em volta dela, isso só a lembrava de como era fria.

De repente, percebeu que no momento em que Steve a beijou e a tocou, ela se esqueceu de que era fria. Pela primeira vez desde que tinha sido transformada, ela se sentiu normal novamente — se sentiu... humana. E aquilo era muito bom.

— Obrigada. — Ela olhou para Steve de relance, esperando que ele entendesse quanto aquilo significava para ela, porque ela não queria expressar sua gratidão de qualquer outra maneira que não fosse oferecendo essa palavra.

A garçonete trouxe a comida. Della deu algumas colheradas na sopa de cebola, ignorando o queijo. Mas, quando o saboroso caldo quente dançou em sua língua, ela não conseguia deixar de pensar no quanto o sangue de Steve era bom. Como seus beijos eram bons. Como era bom ser tocada e se esquecer de que era fria.

Enquanto ela tomava banho, notou um chupão entre o ombro e o seio esquerdo. Ela estava contente de que ele tivesse deixado sua marca na pele dela. Mas estava igualmente contente por ela não ser permanente. Iria desaparecer em poucos dias. E era assim que deveria ser. Porque quando eles tivessem de volta a Shadow Falls, tudo estaria acabado.

Definitivamente.

Ela simplesmente não conseguia mais entregar seu coração. Lee, juntamente com seus pais, tinha lhe ensinado quanto era difícil amar alguém. Como era fácil ser decepcionada por alguém.

Ela não amava Steve, ainda não, mas aquelas últimas 36 horas tinham lhe ensinado quanto seria fácil amá-lo. Quando uma pessoa realmente valia a pena, o coração a acolhia naturalmente. Adicione a isso uma beleza natural e o fato de ele beijar maravilhosamente bem, e seu coração estenderia um tapete vermelho para ele e o recepcionaria com uma banda marcial e cartazes com letras chamativas, dizendo: "Seja bem-vindo!"

E isso era inaceitável. Ela não podia se apaixonar por Steve. Não. De jeito nenhum. Assim que eles retornassem a Shadow Falls, ela voltaria a ser a velha Della. Ponto final. Ela tinha Miranda, e tinha Kylie. Assim que a amiga voltasse.

Della não precisava de um garoto para fazê-la se sentir especial, para fazê-la se sentir bonita, para fazê-la se sentir... humana.

Steve pegou a faca e cortou um pedaço do bife.

— Ah, quando eu falei com Burnett esta manhã, ele mencionou que foi ver Kylie.

O coração de Della deu um salto.

— Ele sabe onde ela está? Será que ela vai voltar?

— Ele deve saber, porque disse que a viu, mas não disse nada sobre ela voltar. Só disse para lhe dizer que ela está bem e que perguntou de você.

Essa era Kylie, sempre se preocupando com os outros, muito mais do que consigo mesma. A garota era uma tonta. Bem, não uma tonta. Era apenas uma daquelas pessoas que realmente se importam com as outras pessoas. Mais ou menos como o maldito metamorfo com quem Della estava almoçando.

Della mergulhou a colher na sopa de cebola.

— Bem, se ele sabe onde ela está, então posso simplesmente ir até lá e trazê-la de volta.

— Raptá-la? — ele perguntou.

— Se eu tiver que fazer isso, sim. Ela pertence a Shadow Falls, como Miranda e eu.

Steve riu.

— Você não está falando sério.

— Uma banana que não estou! — respondeu Della com impaciência. — Kylie está voltando para casa e ponto final.

* * *

Cerca de trinta minutos depois, Della se sentiu em casa ao pousar os pés no chão, do lado de fora da cerca de Shadow Falls. Engraçado como o lugar parecia um lar para ela agora. Claro, talvez isso fosse previsível, agora que ela não se sentia mais em casa na companhia dos pais.

Steve pousou e se transformou.

— Precisamos ir até o escritório.

— Não. — Ela pegou o celular. — Estou ligando para Burnett e dizendo que cheguei, depois vou pular a cerca. Só quero ir para a minha cabana e relaxar... Não quero ser interrogada agora.

Della queria ter tempo para organizar os pensamentos.

Burnett atendeu ao segundo toque.

— Onde você está?

— Nós estamos aqui. Do lado de fora da cerca, no lado leste.

— Ótimo. Vamos jantar agora. Por que não vem conosco? Temos uma surpresa.

— Estou cansada. Nem um pouco a fim de surpresas. Só quero tomar um banho e relaxar. Podemos conversar amanhã?

— Você está bem? — Seu tom ficou sombrio, preocupado.

— Estou — ela rosnou.

Quando desligou, Steve começou a andar até ela. Ela observou a maneira como ele se movia, como um leão, ágil e com propósito. Ele parou bem na frente de Della e afastou uma mecha do cabelo dela, colocando-a atrás da orelha e mantendo a mão em seu rosto.

— Sabe, estou meio sem vontade de voltar. Gostei desse tempo em que ficamos sozinhos, só eu e você.

Ela tinha gostado, também. Demais.

Ela pegou a mão de Steve e tirou-a de seu rosto.

Engolindo um nó na garganta, cheia de arrependimento, ela se forçou a dizer. Parte dela esperava que não tivesse que insistir. Mas isso era para covardes. E Della Tsang não era covarde. Além disso, Steve merecia saber de antemão que o problema não era ele. Era ela.

— Olha, eu... eu gostei. De tudo. Realmente gostei, mas... acabou.

Ele balançou a cabeça.

— Por quê? Não tem que acabar.

— Tem, sim. — O coração dela de repente ficou pesado. Muito pesado no peito.

— Eu não... Eu não... Eu não estou pronta para isso.
— Ela agitou a mão entre eles.

Aquele olhar de desculpas encheu os olhos de Steve outra vez.

— Eu disse que não queria que aquilo acontecesse. Não vou pressioná-la para ir além do que está preparada. Vai acontecer quando for pra acontecer. Vou ser paciente.

Ela balançou a cabeça.

— Eu não estou me referindo só a isso.

Ele franziu a testa, preocupado.

— Então a que está se referindo?

— Estou me referindo a nós dois... e ponto final. Nós dois como um casal, como "nós". Não estou pronta para isso.

Ele balançou a cabeça.

— Por quê? Pensei que estávamos nos dando muito bem.

— Saber por que não é importante. É simplesmente assim. Eu não quero. Estou muito feliz com tudo como está, feliz comigo... sem ser um casal. — Era uma mentira tão grande que ela podia ouvir seu coração aos saltos, com as batidas completamente irregulares, cada uma delas golpeando seu esterno e chamando-a de grandessíssima mentirosa.

— Não — ele disse. — Eu não posso aceitar isso.

— Você vai ter que aceitar. Porque é simplesmente assim que as coisas são, Steve. Fomos juntos a uma missão e nos saímos bem. Fizemos o que fomos enviados para fazer e graças a nós dois o mundo agora é um pouco mais seguro. Mas o que aconteceu entre nós precisa acabar. Não sou a pessoa certa para você.

Ele a estudou.

— E você é a pessoa certa para quem? — Ele parecia enciumado.

— Não sou a pessoa certa para ninguém — disse ela, e seu coração não pareceu considerar isso uma mentira. Ela já tinha amado. Amado e perdido. — Acabou, Steve. Apenas aceite.

Ela começou a correr e, um pouco antes de pular a cerca, ouviu.

— Isso nós vamos ver. — As palavras dele soaram nos ouvidos dela. Se era uma promessa ou uma ameaça, ela não sabia. Mas a ideia de que fosse uma promessa afugentou a maior parte da dor que ela carregava no coração.

Enquanto entrava na sua cabana, ela respirou os aromas familiares de casa, o cheiro do shampoo de fruta de Miranda e de suas velas perfumadas. Della conseguia captar até mesmo o cheiro da loção favorita de Kylie.

De pé na sala de estar, Della se permitiu sentir um pouquinho de orgulho pela missão concluída. O sentimento confirmava que ela queria se especializar na captura de bandidos.

Ao entrar em seu quarto, abriu a gaveta e tirou as fotos. Imagens dela e da família, e outras dela com Lee. Todas elas momentos capturados com emoção. Lembranças que agora a feriam.

Ela pensou em rasgar todas, mas depois pensou melhor e jogou as fotos com a família de volta na gaveta. De algumas coisas ela não podia desistir. Mas de outras...

Rasgou as fotos dela com Lee e deixou que uma chuva de pedacinhos de papel caíssem dentro do cesto de lixo. Em seguida foi para a cama, deitou e olhou para o teto.

Isso nós vamos ver. As palavras de Steve ecoaram na sua cabeça como a letra de uma canção, uma boa canção, daquelas que não saíam da cabeça e cujo refrão se repetia sem parar.

Ela fechou os olhos. A vida poderia ter dado algumas rasteiras nela no último ano, mas Della Tsang não desistia fácil. Ela iria revidar.